Le patron du désert

HEIDI RICE

Le patron du désert

Traduction française de
EMMANUELLE DETAVERNIER

AZUR

HARLEQUIN

Collection : Azur

Titre original :
BANISHED PRINCE TO DESERT BOSS

HARPERCOLLINS FRANCE
83-85, boulevard Vincent-Auriol, 75646 PARIS CEDEX 13
Service Lectrices — Tél. : 01 45 82 47 47 - www.harlequin.fr
ISBN 978-2-2804-8144-1 — ISSN 0993-4448

Composé et édité par HarperCollins France.
Imprimé en décembre 2022 par CPI Black Print (Barcelone)
en utilisant 100% d'électricité renouvelable.
Dépôt légal : janvier 2023.

FSC
www.fsc.org
MIXTE
Papier issu de sources responsables
FSC® C159065

Pour limiter l'empreinte environnementale de ses livres, HarperCollins France s'engage à n'utiliser que du papier fabriqué à partir de bois provenant de forêts gérées durablement et de manière responsable.

1.

Jamilla Omar Roussel retint un soupir en observant le jet royal rouge et or qui se posait sur la piste d'atterrissage, étincelant sous le soleil brûlant du désert.

Nerveuse, elle consulta sa montre pour la centième fois de la journée. Ils avaient pris du retard à cause de cet idiot de…

Fermant un instant les yeux, elle tenta de se reprendre, en vain. Elle était furieuse.

Dane Jones…

Pinçant les lèvres, elle songea au responsable de son calvaire, l'homme qu'elle était censée accueillir au nom de son employeur, le cheikh Karim Jamal Amari Khan, souverain de Zafar. C'était son demi-frère issu du quatrième mariage de feu le roi Abdullah avec une Américaine qu'elle attendait… depuis des heures ! Soupirant de nouveau, elle passa brièvement en revue les informations qu'elle possédait dans l'espoir de se calmer.

Si Dane Jones n'avait jamais pris le nom de son père ni même visité son pays natal depuis le divorce de ses parents alors qu'il n'avait que cinq ans, il n'en demeurait pas moins le seul homme à pouvoir représenter le pays en l'absence du cheikh Karim au cours d'une mission économique en Europe.

Celui-ci avait décidé de rester aux côtés de son épouse Orla qui souffrait d'hypertension gestationnelle. Elle avait reçu l'ordre de se reposer jusqu'à la naissance de ses jumelles dans le comté de Kildare, en Irlande.

L'estomac de Jamilla se noua soudain, et la jeune femme retint une grimace.

Respire, s'enjoignit-elle. Tout allait bien se passer, non, tout devait bien se passer. Elle n'avait pas le choix…

À vingt-quatre ans, elle venait de décrocher le poste de responsable diplomatique de la famille royale. Parlant six langues, elle connaissait également quatre dialectes locaux. Titulaire d'un master en sciences politiques, elle avait travaillé d'arrache-pied depuis son entrée au palais comme assistante de la reine.

Elle avait gravi les échelons jusqu'à obtenir une promotion en raison de la grossesse d'Orla. Si les circonstances étaient loin d'être idéales, elle ne pouvait cependant pas se permettre de laisser passer une telle opportunité de consolider sa position au sein du palais. Sans compter qu'elle allait enfin avoir l'occasion de voyager et de quitter le pays.

C'était un défi de taille, mais elle était bien décidée à le relever et à faire ses preuves, car Karim et Orla comptaient sur elle pour transformer un play-boy en prince.

S'épongeant discrètement le front avec son mouchoir, elle consulta une dernière fois le programme finalisé la veille au soir. Elle avait prévu de briefer Dane Jones sur son rôle durant les prochaines semaines pendant les deux heures de trajet qui les ramèneraient au palais, mais ils étaient censés être déjà en route…

L'avion souleva un nuage de poussière qui s'abattit sur elle ainsi que sur la délégation venue accueillir le nouveau venu, et elle pinça les lèvres.

S'essuyant les mains sur sa veste, elle s'efforça de l'ajuster en ignorant la chaleur et la sueur qui lui collaient à la peau.

Elle avait opté pour une tenue moderne au lieu de la large robe noire censée préserver la dignité d'une femme tout en la protégeant de la chaleur. Avec son tailleur ajusté et ses chaussures à talons, elle souffrait horriblement sous le soleil de l'après-midi.

Se redressant légèrement, elle s'efforça d'ignorer sa nausée ainsi que la douleur qui gagnait lentement ses tempes.

Elle allait bientôt pouvoir accueillir le millionnaire américain et le présenter aux différents dignitaires qui l'accompagnaient. Ensuite, il ne lui resterait plus qu'à se réfugier dans la limousine climatisée jusqu'à leur retour au palais. Tant pis pour le briefing, il attendrait.

Elle était trop fatiguée et énervée pour avoir les idées claires. Sans compter que la chaleur et la transpiration avaient sans doute eu raison de sa coiffure et de sa tenue immaculée. Il valait donc mieux attendre le lendemain pour lui parler du programme qui les attendait même s'il ne leur restait que huit jours pour préparer le voyage.

Levant un bras pour se protéger du soleil, elle plissa les yeux comme la porte de l'avion s'ouvrait enfin.

Les premiers à sortir furent les membres du conseil chargé de la gestion du pays. Ils s'étaient rendus à New York pour raccompagner Dane Jones sur les ordres de Karim.

Vinrent ensuite leurs assistants ainsi que le personnel de cabine, le pilote et le copilote. Tous quittèrent rapidement l'appareil pour gagner les voitures censées les amener au palais.

Jamilla attendit une minute, puis une autre et encore une autre avant de jurer doucement. Mais qu'attendait-il donc pour les rejoindre ? Cherchait-il à se faire remarquer ou à faire une entrée fracassante ? Ne les avait-il déjà pas mis assez en retard comme ça ?

Irritée, Jamilla s'essuya de nouveau le front lorsqu'une haute silhouette se dessina enfin à la sortie de l'avion.

Sans se presser, Dane Jones descendit l'escalier, et le souffle de Jamilla se bloqua dans sa gorge comme son cœur se mettait à battre la chamade.

De nombreux clichés de lui faisaient régulièrement la une des magazines people. Elle en avait d'ailleurs consulté plusieurs dans le cadre de son travail. En tant qu'assistante personnelle, il lui fallait en savoir le plus possible sur les invités que les Khan recevaient régulièrement, et la presse était le meilleur moyen de glaner ces précieuses informations.

Dane Jones n'avait jamais accepté une seule invitation venant du palais, mais les journalistes ainsi que le public s'intéressaient au moindre de ses faits et gestes. Son visage lui était donc familier, mais les photos publiées ne lui rendaient pas justice.

Vêtu d'un jean délavé qui mettait en valeur ses hanches étroites ainsi que d'un T-shirt noir soulignant son torse musclé, il se mouvait avec la grâce d'un félin prêt à fondre sur sa proie. Un duvet sombre couvrait ses mâchoires bien dessinées, et sa chevelure dorée par les rayons du soleil disparaissait sous une casquette de base-ball portant le logo de l'équipe des Yankees.

Lentement, il se dirigea vers elle, et une étrange chaleur se répandit dans son ventre et entre les jambes de Jamilla.

Dane Jones ôta ses lunettes solaires, et la jeune femme manqua défaillir. C'était sûrement un effet de la chaleur, rien de plus…

Plissant les yeux, il la parcourut lentement du regard, et elle eut soudain l'impression que de la lave en fusion coulait dans ses veines. Mais que lui arrivait-il ?

— Bonjour, commença-t-il d'une voix rauque comme s'il venait de se réveiller.

C'était sans doute le cas d'ailleurs… La délégation zafarite s'était rendue à son appartement parce qu'il ne s'était pas présenté à l'aéroport. Il avait sûrement trop bu avec sa maîtresse du moment et ignoré son réveil.

L'image de son corps nu et musclé s'imposa soudain à elle, la faisant rougir, et elle secoua la tête pour la chasser de son esprit. Ce n'était vraiment pas le moment de se laisser distraire.

— Dane Jones, ajouta-t-il en guise d'introduction.

Jamilla ouvrit la bouche, mais aucun son n'en sortit tant il était fascinant et tant elle était paralysée par le comportement de son propre corps.

— Vous êtes bien venue m'accueillir, n'est-ce pas ? Dans ce cas, allons-y, ordonna-t-il sans lui donner l'occasion de réagir. Il fait trop chaud pour rester planter là.

— Votre Altesse, réussit-elle enfin à dire. Je suis Jamilla Omar Roussel. Je vous servirai d'assistante personnelle et de conseillère durant votre mission économique en Europe en tant que chef de l'État.

Levant le bras pour indiquer les dignitaires qui attendaient depuis bien trop longtemps sous un soleil de plomb, elle poursuivit :

— Laissez-moi vous présenter…

— Comment m'avez-vous appelé ? coupa-t-il.

— Pardon ?

— Comment m'avez-vous appelé ? répéta-t-il, les mâchoires serrées.

Jamilla laissa retomber son bras.

— Votre Altesse ?

Poussant un soupir, il ôta sa casquette et se passa la main dans les cheveux.

— C'est bien ce qu'il me semblait. Laissez tomber.

— Pardon ? Je suis navrée Votre Altesse, mais je ne comprends pas, bredouilla-t-elle, paniquée par son évidente mauvaise humeur.

— Ne m'appelez pas comme ça, expliqua-t-il sèchement. Je suis citoyen américain. J'ai un nom, utilisez-le. Vous pouvez m'appeler Dane ou Jones, mais rien d'autre, et surtout pas ça.

— Mais… Votre Altesse, vous êtes un descendant direct de la famille Al Amari Khan et le second héritier au trône juste derrière le prince Hasan…

— J'en ai parfaitement conscience, coupa-t-il de nouveau. Si ce n'était pas le cas, je n'aurais pas fait près de treize mille kilomètres pour me retrouver dans ce trou per…

Il s'interrompit comme s'il venait de réaliser combien

sa remarque était grossière, mais il était trop tard. Le mal était fait.

Choquée, Jamilla pinça les lèvres. Comment osait-il réagir ainsi alors qu'il était accueilli comme un hôte de marque ? Et Zafar n'avait rien d'un trou perdu, au contraire.

Avec le couronnement de Karim, cinq ans plus tôt, le pays avait connu un développement spectaculaire. Contrairement à son père qui refusait tout changement, Karim avait fait de Zafar une monarchie constitutionnelle capable rivaliser avec d'autres pays riches.

— Si je suis ici, c'est uniquement pour rendre service à mon frère et à son épouse, reprit-il froidement, la tirant de ses pensées. Il a demandé mon aide et j'ai accepté alors que mon emploi du temps ne me le permettait pas vraiment. J'ai été forcé de déprogrammer de nombreux rendez-vous et de modifier différents projets sur lesquels j'ai longuement travaillé, continua-t-il sans chercher à cacher son agacement. Ma présence est simplement censée permettre à mon frère et à sa jolie femme de vivre les derniers mois de grossesse sereinement. Avec un peu de chance, ils accueilleront bientôt un deuxième enfant en parfaite santé et je serai tellement loin dans l'ordre de succession que plus personne ne pourra me demander de jouer les remplaçants. Je n'ai aucune envie d'être là, précisa-t-il encore bien que ce fût inutile. Je ne fais pas partie de la famille royale et je me moque complètement de ce pays ou de son avenir. Je vis à New York. C'est là que j'habite et que je travaille, alors cessez de m'appeler « Votre Altesse » si vous ne voulez pas m'énerver. Et, croyez-moi sur parole, vous n'aimeriez pas me voir en colère, conclut-il d'une voix cassante.

— Je ne vous aime déjà pas maintenant, rétorqua-t-elle du tac au tac.

Son commentaire sembla résonner sur le tarmac, le dépassant pour atteindre les dignitaires, les chauffeurs ainsi que le personnel navigant qui patientaient toujours, les choquant profondément. Certains se contentèrent d'afficher une expression de surprise, mais d'autres émirent un petit cri étouffé.

Retenant un juron qui aurait horrifié sa mère, Jamilla se mordit violemment les lèvres. Comment avait-elle pu dire une chose pareille ?

— Je vous demande pardon, Votre Altesse, dit-elle d'une voix tremblante.

Quelle humiliation ! Si seulement le sol avait pu l'avaler ou si elle avait pu simplement disparaître…

Il ne réagit pas, se contentant de l'observer avec attention tandis que son cœur battait la chamade. Comment faisait-il pour ne pas l'entendre d'ailleurs ? Il semblait prêt à bondir hors de sa poitrine et ses battements étaient assourdissants !

Son estomac se serra, et elle eut la nausée. En quelques secondes, elle venait de torpiller sa carrière. Une opportunité pareille ne se reproduirait plus jamais d'autant qu'il allait sans doute la faire remplacer.

Il ne pouvait pas en être autrement. Il était roi, ou plutôt le frère du roi, et elle était censée l'assister et le guider durant la mission économique avec tact et diplomatie, et non l'insulter en lui avouant ce qu'elle pensait de lui.

S'efforçant d'ignorer les regards choqués que lui adressaient les membres du conseil ainsi que les autres dignitaires, elle attendit en silence que le couperet tombe.

Sans un mot, Dane Jones ôta ses lunettes solaires, révélant des yeux d'un bleu tellement intense qu'elle en eut le souffle coupé. Ils formaient un contraste saisissant avec sa peau hâlée par le soleil et semblaient sonder le tréfonds de son âme.

Rejetant la tête en arrière, il éclata soudain de rire, la faisant tressaillir.

Il n'aurait sans doute pas dû réagir ainsi, mais il ne pouvait pas s'en empêcher. C'était hilarant, vraiment.

Sa remarque avait pratiquement résonné dans le désert, presque comme si elle avait utilisé un haut-parleur. Et sa réaction horrifiée valait presque le coup d'avoir été réveillé à l'aube et forcé d'embarquer dans un avion pour atterrir au beau milieu du désert.

Se tenant le ventre, il contempla la jeune femme qui le regardait, une main plaquée sur sa bouche aux lèvres pulpeuses, avec des yeux d'une fascinante teinte ambrée tellement écarquillés qu'ils semblaient lui manger le visage.

Malgré lui, un nouvel éclat de rire le saisit, et il baissa la tête tout en essuyant ses larmes.

Sa réaction n'était pas très polie, mais c'était plus fort que lui. Il était à la fois épuisé par le vol, mais également irrité d'avoir été forcé de remplacer Karim au pied levé. Lui qui s'était promis de ne jamais remettre le pied dans ce satané pays se voyait à présent obligé d'assumer le rôle d'un membre de la famille royale pendant un mois ! Cette perspective lui était insupportable.

Son estomac s'était d'ailleurs noué à l'instant où il était sorti de l'avion. Mis à mal par le manque de sommeil dû à la soirée d'ouverture de son nouveau club qui ne s'était pas achevée avant cinq heures du matin ainsi que par l'arrivée de l'équipe chargée de s'occuper de lui au petit matin dans son appartement, ses nerfs avaient simplement lâché. Ses visiteurs indésirables, qui l'avaient pressé et pratiquement sorti du lit, l'observaient ou plutôt les observaient d'ailleurs à présent d'un air réprobateur.

— Je vous demande pardon, Votre Altesse, répéta la jeune femme, le tirant de ses pensées.

— Ne vous excusez pas. J'ai réagi comme un crétin.

Ses épaules se détendirent, et il retrouva son sérieux.

Craignait-elle de se faire virer pour ce commentaire sarcastique, mais parfaitement justifié ? Sans doute, oui. Après tout, n'était-ce pas ainsi que son père avait toujours traité ses subordonnés ?

Karim lui avait succédé cinq ans plus tôt déjà mais, même avec l'aide de son adorable épouse et sa promesse de réformer le pays, il ne pouvait pas faire de miracles. De toute évidence, les employés du palais étaient toujours intimidés par la famille royale.

Étudiant la jeune femme avec attention, Dane nota que son maquillage avait légèrement coulé et que son front luisait sous le soleil. Elle souffrait visiblement autant que lui, ce qui expliquait sans doute sa réaction...

— Je suis sérieux à propos de mon titre, reprit-il en plongeant son regard dans ses magnifiques yeux ambrés. Ne m'appelez pas, Votre Altesse. Jamais.

— Je comprends, monsieur Jones, rétorqua-t-elle en hochant la tête. Je ferai comme il vous plaira.

— Appelez-moi Dane, proposa-t-il.

Ils allaient devoir travailler ensemble pendant les quatre prochaines semaines. Il fallait donc qu'ils apprennent à collaborer ou au moins à se supporter pour que les choses se passent bien.

Il avait fait une promesse à son frère et il avait bien l'intention de tenir parole. Karim ne lui avait jamais rien demandé, il pouvait au moins lui rendre service même s'il n'avait aucune envie d'être là et ne rêvait que de pouvoir reprendre l'avion pour rentrer chez lui.

— Je ne pense pas que je devrais me montrer aussi familière avec Votre...

Elle s'interrompit avant de se reprendre :

— Avec vous, monsieur Jones.

— Jamilla, vous m'avez dit que vous ne m'aimiez pas, fit-il remarquer, notant avec plaisir la délicate teinte rosée que prenaient ses joues.

Elle était vraiment magnifique avec ses hautes pommettes et ses yeux aussi étincelants que des pierres précieuses. De longues boucles échappées de son chignon encadraient son beau visage et ses lèvres sensuelles.

Quant à son corps… Ses courbes de rêves auraient fait fantasmer n'importe quel homme, lui le premier…

— Vous aurez du mal à vous montrer plus familière que ça, poursuivit-il avec un sourire. Alors laissons de côté les formalités, voulez-vous ?

Elle rougit de plus belle, et il sentit sa température monter en flèche. Que diable lui arrivait-il ?

Comme n'importe quel homme, il avait toujours apprécié les jolies femmes, et Jamilla appartenait de toute évidence à cette catégorie. Pour autant, il n'avait jamais aimé les règles strictes ni qu'on lui dicte sa conduite, exactement ce que Jamilla était censée faire.

Il y avait également un autre problème : ils allaient travailler ensemble. Et entretenir une relation avec une collaboratrice ou une collègue engendrait irrémédiablement des complications en cas de rupture, ce qui ne manquerait pas d'arriver. Aucune de ses relations n'avait survécu plus de quelques mois.

Pourtant, malgré ces circonstances, Jamilla lui faisait énormément d'effet, surtout lorsqu'elle faisait tomber le masque de politesse derrière lequel elle semblait se cacher. Pourquoi sa franchise brutale le fascinait-elle autant ? C'était à n'y rien comprendre.

— Je ne pense pas pouvoir vous appeler par votre prénom dans ce contexte, monsieur Jones, déclara-t-elle d'un air sérieux. Vous êtes le frère de mon employeur et vous êtes également de sang royal. Je…

— Ça suffit, lança-t-il plus froidement qu'il ne l'aurait voulu.

C'était plus fort que lui. Il perdait son calme dès que l'on parlait de sa famille ou plutôt de ses origines et donc de son père.

— Je suis certain que nous pouvons arriver à un compromis, ajouta-t-il en s'efforçant de se détendre.

La situation l'aurait sans doute fait sourire si les conditions avaient été différentes. D'ordinaire, il devait insister pour que les femmes qu'il rencontrait gardent leurs distances. Elles cherchaient toutes à attirer son attention, n'hésitant pas à se coller à lui ou à l'appeler par son prénom pour s'attirer ses faveurs. Il en était ainsi d'aussi loin qu'il s'en souvienne mais, cette fois, les rôles étaient inversés. Quelle ironie !

— Appelez-moi Jones, mais laissez tomber le « monsieur », proposa-t-il avec un sourire. J'ai l'impression d'avoir quatre-vingts ans quand vous m'appelez ainsi.

Elle pouvait bien faire un effort. Lui-même se retrouvait dans un pays qu'il détestait à devoir prétendre qu'il était quelqu'un d'autre durant plusieurs semaines…

Jamilla pencha la tête comme pour mieux l'observer et elle pinça les lèvres. Sa réaction manqua le faire éclater de rire de nouveau. Sa proposition ne lui convenait pas, c'était évident. Elle était incapable de cacher ce qu'elle ressentait, une perspective qui lui plaisait énormément.

— Très bien, concéda-t-elle néanmoins, si c'est ce que vous voulez.

— C'est le cas, rétorqua-t-il en s'efforçant d'ignorer le frisson d'excitation qui le saisit soudain en réalisant qu'elle était censée obéir à ses ordres.

Depuis quand avait-il ce genre de fantasme ? Était-ce parce que son instinct lui soufflait qu'aucun homme ne pourrait jamais la dominer à moins qu'elle ne le laisse faire ?

Levant le bras, elle lui indiqua une ligne de dignitaires qui les attendaient patiemment.

— Puis-je vous présenter au reste du conseil et aux employés privés du roi avec qui vous devrez…

— Non, merci.

Les voir ainsi dans leur tenue officielle, il lui rappelait son père. Et il était bien trop fatigué et énervé pour s'imposer une telle épreuve d'autant qu'il faisait horriblement chaud. Il n'avait qu'une envie : en finir au plus vite.

— Excusez-moi ? s'enquit-elle, visiblement surprise par son refus de suivre le protocole.

Encore une chose dont ils allaient devoir discuter rapidement.

— Je suis épuisé, en sueur et de mauvaise humeur. Ils ont l'air dans le même état que moi, continua-t-il après leur avoir jeté un coup d'œil. Nous pourrions peut-être reporter ça à demain ? De préférence dans un endroit plus frais ?

— Mais…

Elle semblait complètement perdue. De toute évidence, elle n'avait pas l'habitude de faire preuve de spontanéité.

Pour une raison inconnue, il eut soudain envie de la bousculer un peu. Sa réaction n'en serait que plus intéressante.

— Mais rien du tout, affirma-t-il d'un ton autoritaire.

S'il était coincé dans ce trou pour plusieurs semaines, il pouvait au moins s'amuser un peu.

— C'est moi qui décide, non ? C'est bien ce qui était convenu ?

Jamilla hocha la tête d'un air hésitant comme si elle luttait contre elle-même pour ne pas le contredire.

Amusé, il se mordit la joue pour ne pas éclater de rire. Comment allait-elle réagir en découvrant qu'il n'avait pas l'intention de se plier au protocole ? Il avait toujours vécu selon ses propres règles, et il était hors de question de changer cela et surtout pas pour honorer la mémoire ou l'héritage de son salaud de père.

— C'est donc décidé, déclara-t-il en s'efforçant d'adopter un ton enjoué. Nous allons nous installer dans les limousines, allumer l'air conditionné et prendre du repos avant de tous nous évanouir.

Jamilla pinça les lèvres, mais la goutte de sueur glissant sur son visage prouvait qu'elle devait être au moins aussi pressée que lui d'échapper à cette chaleur insoutenable. Seul son sens moral l'empêchait d'accepter.

Ouvrant et refermant la bouche, elle sembla lutter contre

elle-même, ses magnifiques yeux couleur ambre étincelant d'irritation comme elle réfléchissait.

Enfin, elle baissa la tête, et la vue de sa nuque fine et délicate éveilla un élan de désir dans le creux de ses reins.

— Comme vous voulez, Votre… monsieur Jones, se reprit-elle au dernier moment.

— Jones, la corrigea-t-il.

Elle acquiesça avec raideur et glissa quelques mots à son assistant.

L'invitant à la suivre, elle l'entraîna ensuite vers une limousine décorée d'un drapeau rouge et or qui flottait sous le vent brûlant du désert.

— Votre Altesse, le salua un jeune homme en tenue traditionnelle.

Il lui ouvrit la portière tout en s'inclinant tant que Dane craignit un instant qu'il ne perde l'équilibre et tombe en avant.

— Merci, rétorqua-t-il en tentant de refréner son irritation.

Comment Karim faisait-il pour supporter de tels témoignages de déférence ? C'était insupportable, et il n'était là que depuis quelques minutes. Karim vivait cela au quotidien et vingt-quatre heures sur vingt-quatre. Quel enfer !

Jetant son sac à l'intérieur, il s'installa sur la banquette arrière, s'émerveillant de la fraîcheur de l'habitacle.

— Je vais m'asseoir à l'avant, déclara Jamilla en se penchant à l'intérieur, mais sans croiser son regard. Le trajet devrait prendre deux heures. Il y a des boissons dans le bar devant vous. Avez-vous besoin d'autre chose ?

À ces mots, des images déplacées de Jamilla nue entre ses bras s'imposèrent à son esprit tanis qu'un nouveau frisson de désir le saisissait.

— Jones, appelez-moi, Jones, ordonna-t-il plus sèchement qu'il ne l'aurait voulu.

Que diable lui arrivait-il ? Ce n'était vraiment pas le moment de se laisser distraire ou de réagir comme un adolescent lubrique. La situation était déjà assez compliquée comme cela.

— Laissez tomber les « monsieur », Jamilla. Vous allez réussir à vous en souvenir ? C'est tout ce que je demande. Ah, et aussi ne me dérangez pas jusqu'à notre arrivée, ajouta-t-il en plongeant son regard dans le sien.

— Comme vous voulez, dit-elle d'une voix impassible.

Elle devait pourtant être en colère, vu la façon dont elle avait réagi un peu plus tôt. Mais elle avait réussi à se contenir cette fois.

Le jeune employé referma la portière, et Dane se renfonça dans son siège avec un soupir de bien-être. Il allait enfin pouvoir se détendre.

Comme il fermait les yeux, il réalisa que Jamilla avait trouvé le moyen de ne pas l'appeler par son nom de famille. Elle l'avait bien eu.

Amusé, il sentit un sourire étirer ses lèvres comme il penchait la tête en arrière.

Elle ne perdait rien pour attendre. Il trouverait bien un moyen de se venger et de lui faire perdre son calme. Et avec un peu de chance, cela lui fournirait une excellente distraction pour affronter l'enfer qui l'attendait car, d'ici deux heures, il allait devoir se confronter aux démons qu'il avait passé son existence entière à fuir…

2.

— Mademoiselle Roussel, Son Altesse a disparu…

Aussitôt, Jamilla enfonça le bouton « arrêt » et attendit que la machine s'immobilise pour se tourner vers Hakim.

S'essuyant la nuque avec une serviette, elle demanda :

— Qu'avez-vous dit ?

Ce n'était pas possible. Elle avait sûrement mal compris. Il ne pouvait pas avoir fait une chose pareille.

Hakim, un jeune valet, avait été chargé de s'occuper du nouveau chef de l'État. Et elle lui avait spécialement demandé de se rendre dans sa chambre à 6 heures afin de vérifier que tout allait bien.

— Son Altesse, répéta Hakim, n'est pas dans sa chambre.

— Vous en êtes sûr ? Il est peut-être dans la salle de bains, suggéra-t-elle.

C'était la première mission de Hakim en tant que valet. S'il était intelligent, déterminé et pressé de faire ses preuves, il n'était pas prêt à gérer les lubies d'un homme comme Dane Jones. Personne ne l'était d'ailleurs. Elle l'avait compris à la minute où elle l'avait rencontré. Cette incroyable opportunité qui lui avait été donnée allait rapidement tourner au cauchemar. Elle en était convaincue. C'était d'ailleurs ce qui l'avait poussée à se rendre à la salle de sport du palais ce matin-là. Elle avait besoin de se défouler avant de l'affronter.

Dane Jones… Quelque chose chez lui avait le chic de la mettre mal à l'aise, lui donnant envie à la fois de le remettre à sa place et d'apprendre à mieux le connaître. C'était un mélange étonnant et détonnant dont elle se serait volontiers passée. L'expérience de la veille lui avait largement suffi. Et dire qu'elle l'avait insulté devant les membres du conseil…

— J'ai tout vérifié, mademoiselle Roussel, reprit Hakim d'une voix paniquée. J'ai même demandé à d'autres employés de m'aider à mener des recherches dans tout le palais. Nous n'avons pas réussi à le trouver. Il est parti.

— Il est… quoi ?

Non, c'était impossible ! Comment aurait-il pu faire une chose pareille. Ils étaient au beau milieu du désert !

— Et le service de sécurité ? Ils n'ont pas la moindre idée de l'endroit où il est allé ?

Hakim secoua la tête.

— Non. Ils sont uniquement chargés de l'escorter quand il quitte sa suite. Personne ne les a prévenus qu'il était déjà réveillé.

Descendant du tapis de course, les jambes tremblantes, elle s'essuya le front.

— Très bien, ne paniquez pas Hakim.

La peste soit de cet homme ! Où avait-il bien pu aller ? Il ne pouvait quand même pas être rentré à Manhattan sans en avertir qui que ce soit… ? Et pourtant…

Il avait semblé étrangement tendu lors de son arrivée au palais. Sa démarche avait perdu de sa superbe et de sa fluidité. Le fauve avait disparu. Il ne restait plus qu'un homme n'ayant visiblement aucune envie d'être là et qui n'avait pas pris la peine de la provoquer avant de disparaître dans sa suite pour se reposer. S'il avait fait de son mieux pour ne pas croiser son regard, elle n'avait pas pu s'empêcher de remarquer son expression hagarde. Sur le moment, elle avait mis sa réaction sur le compte de la fatigue, mais à présent elle n'en était plus aussi sûre.

— Demandez à Saed d'interroger les gardes du palais, ordonna-t-elle. Contactez le garage et vérifiez s'il a pris l'une des voitures.

Chaque véhicule était équipé d'un traceur GPS. Ils pouvaient donc le suivre même s'il s'était rendu à l'aéroport, mais était-ce vraiment le cas ? Quelqu'un aurait fini par le remarquer s'il avait tenté de prendre le jet privé.

— Il a peut-être pris l'un des 4x4…, murmura-t-elle, se parlant à elle-même.

C'était sûrement cela. Il avait dû quitter le palais pour se rendre dans l'une des villes environnantes… Quel idiot ! Ne se rendait-il pas compte à quel point il était dangereux de traverser le désert seul ?

— Vous avez sans doute raison, mademoiselle Roussel, dit Hakim avant de tourner les talons.

— Attendez ! cria-t-elle comme une idée s'imposait soudain à son esprit.

Il s'immobilisa et se tourna vers elle.

— Oui, mademoiselle Roussel ?

— Savez-vous si Son Altesse sait monter à cheval ?

Il avait peut-être pris l'un des étalons de Karim, une perspective terrifiante. Il lui suffisait d'ailleurs d'y penser pour que sa gorge se serre.

— Hum, je…

— Ce n'est pas grave, oubliez ça.

Hakim lui adressa un signe de tête et partit en courant.

Jamilla se frotta l'estomac en grimaçant. Elle espérait vraiment se tromper mais, si Dane avait effectivement pris l'un des étalons de Karim, c'était une véritable catastrophe…

Ces pur-sang ne pouvaient être montés que par des cavaliers émérites. Pire, le désert était un endroit inhospitalier encore plus dangereux à cheval qu'en voiture.

Son inquiétude se changea rapidement en panique puis en colère. Comment avait-il pu être aussi stupide ? La peste soit de cet idiot arrogant !

Après s'être changée en vitesse, elle se dirigea à la hâte vers les écuries. Elle devait absolument en avoir le cœur net.

Danes Jones n'était pas idiot. Il avait accepté de remplacer

Karim à la tête de l'État et n'allait sûrement pas risquer sa peau simplement pour la mettre en colère. Elle se faisait sûrement des idées. Hakim allait bientôt revenir et lui annoncer qu'il l'avait retrouvé…

Hélas, dix minutes plus tard, ses inquiétudes se révélèrent fondées. Danes Jones était bel et bien un crétin arrogant qui se moquait éperdument de son devoir. Il n'avait que faire des règles ou du protocole. Il ne s'intéressait qu'à lui. Et le pire était qu'elle ignorait toujours où il se trouvait…

Dane poussa un hurlement qui se perdit dans l'immensité du désert, comme l'adrénaline courrait dans ses veines tandis que sa monture galopait dans les dunes.

Relâchant les rênes, il autorisa l'étalon à filer sous le vent, se laissant entraîner loin de ses soucis et du palais où il n'avait pas mis les pieds depuis vingt-cinq ans. Une nuit en ces lieux lui avait déjà paru interminable, et il allait devoir y rester pendant une semaine afin de tenir la promesse faite à son frère. Il ne pouvait pas y échapper.

Il avait donc décidé de s'offrir cette petite parenthèse en solitaire pour se détendre. L'oasis de Halu était l'un des seuls souvenirs agréables de son enfance à Zafar.

Comme ils approchaient de la crête rocheuse, Dane serra les genoux tout en tirant sur les rênes. L'étalon leva la tête et ralentit comme on le lui avait appris. C'était un animal fier et difficile à maîtriser, mais qui obéissait aux ordres… à condition de lui faire comprendre qui était le patron.

Un sourire aux lèvres, Dane lui caressa l'encolure. Le pur-sang n'avait pas hésité à le tester dès leur sortie du palais, mais Dane avait su lui prouver qu'il avait à la fois les capacités et la force de le maîtriser. Dès lors, il avait pu apprécier la puissance de sa monture comme il traversait le désert, le vent lui fouettant le visage, chassant la fatigue d'une nuit sans sommeil.

Son état ne s'expliquait pas uniquement par les souvenirs douloureux qui l'avaient tourmenté dès son arrivée au pays. Il était également perturbé par les rêves torrides figurant une jeune beauté aux yeux d'ambre qui l'avaient torturé une partie de la nuit, le laissant en nage et les reins en feu à son réveil.

Secouant la tête pour chasser ces images de son esprit, il serra de nouveau les cuisses, et l'étalon descendit la pente d'un pas assuré.

De hauts palmiers entouraient une étendue d'un bleu profond qui semblait scintiller sous le soleil et un petit enclos construit à l'ombre. Un peu plus haut, un ruisseau s'échappait des roches rouges, le clapotis de l'eau offrant une mélodie à la fois rafraîchissante et relaxante.

Dane se détendit enfin comme des souvenirs, heureux cette fois, lui revenaient : les bras de son frère autour de sa taille et la chaleur de son torse contre son dos tandis qu'ils galopaient vers l'oasis pour contempler le lever du soleil ensemble. S'il faisait un effort, il pouvait même entendre les paroles de Karim, alors âgé de dix ans mais déjà cavalier émérite, l'encourageant et le rassurant dans leur langue natale. À l'époque, lui aussi la parlait et la comprenait parfaitement.

Descendant de cheval, il pressa son front contre sa monture. La chaleur de son corps le rassurait tout en lui donnant l'impression d'être enfin redevenu lui-même.

— C'est bien, mon grand.

Azzam souffla et hennit doucement comme s'il trouvait le compliment parfaitement naturel, et Dane ne put s'empêcher de sourire. C'était vraiment un animal magnifique, ce qui n'avait rien d'étonnant. Karim avait toujours été un grand passionné d'équitation.

Dane mena l'étalon dans l'enclos, vérifiant au passage qu'il était toujours en état avant de hocher la tête d'un air satisfait.

Il s'occupa ensuite du pur-sang, le dessellant et ôtant la bride avant de le brosser et de nettoyer ses sabots. Il le nourrit et lui donna de l'eau, exactement comme Karim le lui avait appris il y a si longtemps.

Le caressant une dernière fois, il se tourna vers l'eau translucide qui semblait incroyablement tentante après sa cavalcade dans le désert. Un bain frais était exactement ce dont il avait besoin pour détendre ses muscles endoloris et nettoyer la sueur et le sable qui lui collaient au corps.

Jamilla longea la crête rocheuse, suivant la piste qu'elle avait repérée à la sortie du palais près d'une heure plus tôt.

Ses talents de traqueuse étaient rouillés, mais il ne fallait pas être un génie pour remarquer les plantes et les pierres écrasées ainsi que les quelques traces de sabots prouvant que la monture et son cavalier se déplaçaient rapidement.

Leur vitesse apparente avait d'ailleurs failli la faire paniquer. Et si l'étalon s'était emballé, forçant Dane à se cramponner de toutes ses forces pour ne pas tomber ? C'était un miracle qu'elle n'ait pas découvert son corps brisé par la chute…

Par précaution, elle avait néanmoins contacté les gardes du palais sur son téléphone satellite et demandé qu'une ambulance se tienne prête en réalisant que la piste menait vers l'oasis de Halu.

Un parfum suave de fleurs lui emplit les narines, et elle coupa le moteur tout en plissant les yeux.

Azzam, l'étalon de Karim, était tranquillement installé dans l'enclos, les naseaux plongés dans un sac contenant de la nourriture. Quelqu'un avait rempli son abreuvoir et lui avait enlevé sa selle et sa bride. Certainement Dane !

Cela prouvait au moins qu'il n'était ni mort ni blessé. C'était un véritable miracle !

La panique reflua enfin, remplacée par une colère bouillante.

Par chance, il n'avait pas eu d'accident, mais son comportement n'en demeurait pas moins inexcusable. Il avait quitté le palais seul, sans prévenir qui que ce soit, semant la panique parmi les employés.

En ce moment même, des hélicoptères parcouraient le désert et trois véhicules tout-terrain roulaient dans la direction opposée au cas où elle aurait suivi une mauvaise piste.

Dane Jones était le demi-frère de Karim ainsi que le prochain dans l'ordre de succession. Il était également le chef de l'État pour les prochaines semaines et donc son patron, mais il ne perdait rien pour attendre. Non seulement il s'était mis en danger, mais il leur avait fait perdre un temps considérable. Quel crétin arrogant !

Guidée par le bruit de l'eau, elle traversa l'oasis et ouvrit la bouche, prête à lui donner une bonne leçon, mais son souffle se bloqua dans sa poitrine.

L'homme qui se tenait à quelques mètres d'elle et qui lui tournait le dos était… entièrement nu !

Penchant la tête en arrière, il se glissa sous le jet, offrant sa chevelure à la caresse de l'eau, et Jamilla ne put s'empêcher de le contempler, fascinée.

Un tatouage rouge et noir partait de son épaule droite pour couvrir son bras tandis qu'un autre décorait son dos et descendait vers ses fesses musclées.

Malgré elle, une vague de chaleur se répandit entre ses cuisses, et elle eut soudain l'impression que de la lave en fusion coulait dans ses veines. Tout son être était en feu. Sa colère retomba, aussitôt remplacée par un désir intense et ardent qui la fit frissonner.

Elle aurait dû détourner les yeux. Dane Jones était un membre de la famille royale. Elle n'avait pas le droit de l'espionner ainsi même si le spectacle qu'il offrait était absolument incroyable. N'importe quelle femme aurait sans doute partagé son avis…, mais elle n'était pas n'importe qui. Elle était son employée, et il était son patron.

S'humectant les lèvres, elle baissa la tête, mais la releva

aussitôt. C'était plus fort qu'elle. Elle ne pouvait tout simplement pas s'en empêcher.

Captivée, elle continua de l'observer, notant les fines gouttelettes qui semblaient étinceler comme des pierres précieuses sur sa peau hâlée, les cicatrices qui marquaient son dos et ses épaules, suggérant qu'il n'avait pas eu une vie facile…

C'était la première fois de son existence qu'elle voyait un homme nu et, malgré son manque d'expérience, il était évident que Dane Jones était un homme incroyablement séduisant et… sexy.

Contrairement à certaines jeunes femmes de son âge, elle ne croyait pas à l'abstinence jusqu'au mariage.

Sa mère s'était enfuie avec un diplomate français quand elle n'avait que dix-neuf ans pour échapper au mariage arrangé par ses parents. Si leur union avait tourné au désastre, Farah Omar avait toujours encouragé sa fille à suivre son cœur… ou ses désirs. Elle avait une vision libérale du sexe et de la vie qu'elle lui avait transmise dès son plus jeune âge.

Suivant ses conseils, Jamilla ne s'était jamais interdit de prendre du plaisir avec un homme. Simplement, elle n'avait pas encore trouvé la perle rare qui lui donnerait l'envie d'aller jusqu'au bout… jusqu'à maintenant.

Serrant inconsciemment les cuisses, elle tenta de contenir l'étrange chaleur qui se répandait entre ses jambes, en vain. C'était la première fois qu'elle ressentait cet appel lancinant qui en devenait presque douloureux.

Elle continua de le fixer même quand il se tourna dans sa direction, appréciant la fermeté de ses muscles et remarquant un autre tatouage situé sur sa hanche avant de se perdre dans la contemplation de son membre viril et imposant.

Son bas-ventre se contracta alors qu'une délicieuse moiteur la gagnait, et ses jambes menacèrent de se dérober sous elle. Le cœur battant la chamade, elle tenta de reprendre le contrôle de ses émotions et de son corps, en vain.

Dane Jones était l'homme le plus séduisant qu'il lui ait

été donné de voir. Son corps était celui d'un guerrier d'un autre temps, à la fois puissant et sexy.

Poussé par son instinct, Dane leva la tête et s'immobilisa en découvrant une jeune femme qui se tenait sur la berge.

Vêtue d'une volumineuse robe s'arrêtant à mi-cuisse, elle n'en demeurait pas moins incroyablement séduisante, le tissu soulignant sa poitrine pleine et le galbe de ses hanches. Son jean et ses bottes donnaient à sa tenue une touche étonnement moderne.

Malgré son foulard qui cachait une partie de son visage, il ne put s'empêcher de remarquer qu'elle le fixait avec attention, et son corps réagit aussitôt.

Qui pouvait-elle bien être ? Et surtout, que faisait-elle là ? De toute évidence, elle semblait apprécier le spectacle qu'il lui offrait. Devait-il en profiter et l'inviter à… ? Après tout, il aurait bien eu besoin de se changer les idées et de relâcher la pression…

Comme elle se redressa, il croisa son regard et reconnut aussitôt la paire d'yeux ambrés qui l'observaient toujours avec un intérêt non dissimulé.

Jamilla.

Ce n'était pas une exotique inconnue, simplement sa chère baby-sitter. Elle l'avait donc suivi jusqu'ici…

Pourtant, pour une raison inconnue, cette découverte ne fit rien pour calmer son excitation grandissante. Au contraire. Irrité par la réaction de son corps, il eut soudain envie de lui donner une leçon.

Sans chercher à échapper à sa vue, il continua d'avancer et ne put retenir un sourire satisfait quand elle tourna brusquement la tête, les joues en feu.

— Vous voulez bien me passer mon caleçon ? demanda-t-il d'un ton impassible.

Elle sursauta, mais ne fit pas un seul geste, rajoutant à sa mauvaise humeur.

Rien ne l'avait forcée à le suivre. C'était elle qui avait pris cette décision et encore elle qui ne s'était pas gênée pour l'observer alors qu'il était nu. Elle l'avait bien cherché !

— Il est juste devant vous, reprit-il fraîchement.

— Ah, oui, dit-elle enfin d'une voix étranglée en se penchant vers la pile de vêtements qu'il avait abandonnée là.

Elle lui lança ce qu'il avait demandé et lui tourna aussitôt le dos.

— Je suis désolée pour… pour…

— Pour avoir joué les voyeuses ? continua-t-il à sa place.

À ces mots, elle fit volte-face avant de se tourner de nouveau en remarquant qu'il était en train d'enfiler son caleçon.

De toute évidence, sa remarque l'avait piquée au vif et son agacement était au moins aussi satisfaisant que son embarras.

— Je ne m'attendais pas à ce que… Enfin, je ne savais pas que vous étiez…

— Tout va bien, Jamilla, lui assura-t-il, incapable de résister à la perspective de la taquiner un peu.

Son érection n'avait pas entièrement disparu, et elle en était la cause !

— Vous n'êtes pas la première femme à me voir nu. Et, heureusement pour nous deux, je ne suis pas quelqu'un de timide.

— C'est évident, murmura-t-elle d'un ton sec.

Incapable de se retenir plus longtemps, il éclata de rire. Sa réaction était presque aussi sexy que sa présence et que sa tenue. Ainsi vêtue, elle ressemblait à une jeune Valkyrie prête à partir au combat ou à retrouver son amant…

Comme il la dépassait pour prendre son T-shirt, elle se raidit et fit un pas en arrière.

— Détendez-vous, vous n'êtes pas mon type.

Son parfum floral – à la fois frais, épicé et suave – l'enveloppa, et il fut forcé de reconnaître que ce n'était pas vrai. Elle lui plaisait énormément.

En vérité, il n'avait jamais vraiment eu de préférence en ce qui concernait les femmes tant que certaines conditions étaient respectées. Ses partenaires devaient bien évidemment être consentantes, célibataires et faciles à vivre. Il ne supportait ni les conflits ni les demandes ridicules, et encore moins le chantage affectif.

Jamilla était tout le contraire de ce qu'il recherchait, mais quelque chose chez elle l'attirait comme un papillon vers une flamme.

Elle avait d'abord des yeux qui brillaient d'intelligence et ce fort tempérament qu'elle s'efforçait de cacher sous une feinte déférence sans tout à fait y parvenir. Quant à ce corps à damner un saint…

Jamilla était à la fois une énigme et un défi qu'il brûlait de relever. Ainsi il découvrirait peut-être pourquoi il avait tant envie de la taquiner et de la provoquer à la fois et pourquoi l'étincelle de fureur qui s'allumait dans ses yeux dorés le satisfaisait autant.

C'était la première fois qu'une femme éveillait autant son intérêt, mais l'expérience était loin d'être agréable. Entamer une relation avec elle n'était pas une bonne idée, loin de là, même si son corps réagissait au moindre de ses gestes.

Ce n'était sans doute qu'une conséquence de son abstinence forcée de ces derniers mois. Il avait travaillé comme un forcené sans prendre le temps de se reposer ni de se distraire. D'ailleurs, même s'il avait eu l'occasion de prendre du bon temps, il n'aurait pas saisi sa chance. Aucune de ses précédentes relations ne s'était bien terminée, et il n'avait plus la patience ni l'envie de trouver une compagne pour l'instant. C'était bien trop épuisant de faire le tri entre les femmes qui se jetaient sur lui pour son argent et celles qui ne recherchaient sa compagnie que pour parader à son bras devant les photographes. Sans compter celles qui semblaient prêtes à tout pour lui mettre la bague au doigt…

Non, ce qu'il lui fallait pour l'instant c'était une liaison d'un soir pour relâcher la pression et oublier ses soucis, mais ce n'était pas près d'arriver. Non seulement il était coincé dans son rôle de chef d'État pour les quatre prochaines semaines, mais la femme qui lui faisait de l'effet lui était interdite sous peine de compliquer davantage une situation déjà pénible.

— Tant mieux, rétorqua-t-elle un peu trop vite.

Une bourrasque rabattit son foulard, dévoilant sa chevelure ébène attachée à la hâte.

— Ce serait déplacé et cela rendrait notre relation professionnelle intenable. J'ai déjà un…

Ses mots moururent sur ses lèvres quand elle remarqua son érection.

Elle lui tourna de nouveau le dos, et il ne put s'empêcher de remarquer la courbe gracile de sa nuque.

Quel goût avait sa peau ? Était-elle sucrée, épicée, les deux à la fois ? Et comment réagirait-elle s'il l'enlaçait pour nicher son nez dans le creux de son cou et lui mordiller l'oreille ? Pousserait-elle un cri, un gémissement ? Essaierait-elle de le repousser ou au contraire l'attirerait-elle à elle pour s'offrir à sa caresse ?

L'entrejambe en feu, il enfila son T-shirt et son jean dans l'espoir que la barrière de tissu lui permettrait enfin de se calmer.

— Comment m'avez-vous trouvé ? demanda-t-il pour changer de sujet.

— Puis-je me retourner ? s'enquit-elle d'une voix plus posée comme si elle avait enfin repris le contrôle d'elle-même. Êtes-vous décent ?

— Décent ? répéta-t-il, amusé. Personne ne m'a jamais accusé de l'être…

Elle soupira, visiblement irritée.

— Êtes-vous habillé, monsieur Jones ?

M. Jones, elle avait recommencé !

— Oui, confirma-t-il.

Comme elle lui faisait face, il nota que ses joues avaient enfin repris leur couleur normale, ce qui était regrettable.

— Vous pourriez m'appeler Dane étant donné que vous en avez vu davantage que certaines femmes avec qui j'ai couché.

Pour son plus grand bonheur, les joues de la jeune femme s'embrasèrent de nouveau, et elle fronça les sourcils.

— Très bien, Dane.

Cette victoire aussi minime fut elle lui arracha un sourire. Il avait pris l'avantage dans leurs rapports de force.

— Pour répondre à votre question, continua-t-elle, j'ai suivi votre piste depuis le palais. Ce qui n'avait rien de difficile étant donné votre vitesse. Je me suis énormément inquiétée pour votre sécurité après avoir découvert que vous aviez emmené Azzam.

— Je vois, commenta-t-il, impressionné par ses capacités et étrangement touché par sa réaction.

Personne ne s'était jamais inquiété pour lui, même pas sa mère, surtout pas sa mère.

— J'ai survécu, ajouta-t-il, irrité d'être ému pour si peu.

— Vous semblez ignorer que les pur-sang arabes sont extrêmement caractériels. Azzam en particulier requiert un cavalier expérimenté, poursuivit-elle d'un ton docte comme si elle s'adressait à un enfant. Il aurait pu vous désarçonner.

Pour une raison inconnue, sa façon de le réprimander l'agaçait autant qu'elle l'attirait. Mais que lui arrivait-il ?

— Vous avez eu beaucoup de chance d'arriver à l'oasis, conclut-elle en croisant les bras sur sa poitrine, attirant aussitôt son attention sur ses seins ronds et voluptueux.

Quel spectacle incroyable…

— Je…, commença-t-il, réalisant soudain que non seulement elle sous-estimait ses capacités à maîtriser Azzam, mais qu'elle le considérait également comme un parfait idiot.

— Le désert est un lieu inhospitalier et dangereux. Il l'est particulièrement pour les imprudents et…

— Je ne suis pas arrivé ici par chance, coupa-t-il, vexé par ses insinuations.

Pour qui le prenait-elle ? Et pourquoi l'attirait-elle toujours autant malgré son air hautain ? Cela en devenait ridicule, il n'était plus un gamin.

— Je savais exactement où j'allais, poursuivit-il sèchement. Je crois même que je pourrais retrouver cette oasis les yeux fermés parce que c'est le seul endroit dans ce satané pays qui ne me donne pas des cauchemars. Pour votre information, déclara-t-il en plongeant son regard dans le sien, je fais de l'équitation depuis mes trois ans. Et Azzam est un cheval assez intelligent pour comprendre qui est le patron.

À ces mots, Jamilla laissa retomber ses bras et l'observa avec attention, son magnifique regard brillant d'une étrange émotion. Pourquoi le regardait-elle ainsi, comme s'il venait de lui confier un secret ?

— Vous devriez peut-être vous inspirer de son comportement, ajouta-t-il dans l'espoir de détourner son attention.

Elle avait parlé de leur relation professionnelle, mais celle-ci laissait vraiment à désirer.

Jamilla cilla et rougit de plus belle.

— Je vois, je vous prie de m'excuser pour ce malentendu.

Elle baissa légèrement la tête sans pour autant cesser de le fixer, comme si elle cherchait à comprendre ses motivations.

Mal à l'aise, Dane retint une grimace. Il avait remporté cette manche alors pourquoi avait-il l'impression d'avoir perdu ?

— Êtes-vous prêt à rentrer au palais ?

Absolument pas…

— Oui.

Il n'avait pas le choix. Il avait fait une promesse et il n'avait pas l'intention de se défiler.

Arrivé à l'enclos, il sella son cheval et découvrit soudain qu'ils avaient un autre problème…

— Je peux contacter le palais et demander à un mécanicien de venir me chercher, proposa Jamilla en posant son sac.

C'était sa faute. Elle aurait dû vérifier que la jeep était correctement équipée avant de partir. Hélas, elle avait quitté le palais dans la précipitation, trop inquiète pour penser à quoi que ce soit d'autre qu'à la sécurité de son nouveau patron.

— Ça prendra combien de temps ? s'enquit ce dernier, les yeux rivés sur la voiture.

L'un des pneus était plat, et elle n'en avait pas de rechange.

— Pas très longtemps, répondit-elle avec l'impression d'être une idiote.

Dane Jones n'était pas un simple play-boy menant une existence de rêve comme elle l'avait cru. Les cicatrices zébrant son dos ainsi que la lueur dans ses yeux dès qu'il parlait de son enfance tendaient à prouver qu'elle s'était largement trompée. Pourquoi n'avait-elle pas pris la peine de faire davantage de recherches sur son passé ? Elle ne connaissait que les grandes lignes et s'attendait à ce qu'il n'ait aucun souvenir de sa vie à Zafar. Il n'était qu'un enfant quand il avait quitté le pays.

Dane était le second enfant du sheikh Abdullah et le produit de son désastreux quatrième mariage. Le roi n'avait pas gardé le contact avec son fils après son divorce mais, d'après la réaction de Dane depuis son arrivée à Zafar, il était évident que son enfance avait été bien plus traumatisante qu'elle ne pouvait l'imaginer.

Orla qui était devenue sa meilleure amie tout en étant sa supérieure hiérarchique depuis cinq ans lui avait confié que Karim avait été témoin des violences de son père envers sa mère. Se pouvait-il que Dane ait lui aussi assisté à ce genre de scènes ? À cette idée, sa gorge se serra.

Il fallait impérativement qu'elle en discute avec Saed et Ameera. Tous deux avaient servi les différentes épouses du roi Abdullah. Ils devaient sûrement en savoir plus.

Elle avait un travail à faire et, si elle voulait se montrer à la hauteur de la tâche qui lui avait été confiée, elle se devait de comprendre l'homme qui lui faisait face. En fin de compte, le plus arrogant des deux, c'était elle, car elle laissait ses préjugés et ses idées préconçues obscurcir son jugement.

— Combien de temps ? demanda-t-il de nouveau.

— Une heure, peut-être deux, répondit-elle, gênée.

Malgré elle, des images de son corps nu sortant de l'eau, des gouttes glissant sur son torse musclé et étincelant comme des pierres précieuses s'imposèrent soudain à son esprit et elle pinça les lèvres.

Se retrouver coincée au beau milieu du désert était sans doute une punition pour l'avoir observé sans vergogne et surtout sans son consentement.

Les joues rouges, elle parvint à récupérer le téléphone satellite, mais refusa de croiser son regard.

— Je m'en doutais, soupira-t-il en s'éloignant pour rejoindre Azzam.

Jamilla en profita pour contacter le palais afin de rassurer le personnel et de rappeler les équipes chargées de rechercher Dane. Tout en téléphonant, elle observait Dane qui agrippa le pommeau de la selle et grimpa sur l'étalon en un mouvement fluide.

Azzam hennit et se cabra, et Jamilla dut se mordre les lèvres pour ne pas crier.

Sans se départir de son calme, Dane tira sur les rênes et reprit le contrôle de l'animal, l'apaisant par des gestes sûrs et des paroles douces.

Le souffle de Jamilla se bloqua dans sa poitrine. Il était vraiment magnifique, tranquillement installé sur ce bel étalon. Malgré son jean et sa casquette de base-ball, il avait tout du prince du désert en quête d'aventures exotiques même s'il maintenait le contraire, comme si l'idée même de projeter une telle image lui était insoutenable.

Fermant un instant les yeux, elle soupira. Dane méritait son respect. Il n'avait aucune envie d'être là, c'était évident.

Pourtant, il avait accepté de rentrer au pays à la demande de son frère, et ce, malgré les souvenirs douloureux de son enfance.

Elle ne l'appréciait pas et était loin d'être ravie de se retrouver coincée à jouer les baby-sitters durant sa mission diplomatique, mais il fallait bien reconnaître qu'elle n'était pas la seule à souffrir de la situation. Dan était aussi mal loti qu'elle…

Constatant qu'il maîtrisait toujours l'étalon d'une main experte, elle se sentit rougir de nouveau. Elle avait vraiment été idiote de s'inquiéter pour lui. C'était visiblement un cavalier hors pair. Elle n'aurait jamais dû le sous-estimer… comme il valait mieux ne pas sous-estimer non plus l'effet qu'il avait sur elle.

Malgré ses efforts, elle ne parvenait pas à oublier le spectacle exquis qu'il lui avait offert en sortant de l'eau. Il lui suffisait d'ailleurs d'y penser pour qu'une chaleur brûlante se répande dans son ventre.

— Vous avez signalé la panne ? demanda-t-il, d'une voix profonde et sensuelle qui lui arracha de petits frissons de désir.

Elle acquiesça et ne put s'empêcher de faire un pas en arrière quand il trotta dans sa direction.

— Venez, ordonna-t-il en se penchant pour lui tendre la main. Vous pouvez monter derrière moi. Je ne vais pas vous laisser seule pendant des heures au beau milieu de nulle part.

— Ce n'est pas nécessaire, répondit-elle en secouant la tête.

Elle ne parvenait pas à s'imaginer s'accrocher à sa taille et se coller à lui.

— J'ai de l'eau à disposition, et il y a de l'ombre. Je peux parfaitement…

— C'est un ordre, Jamilla, déclara-t-il avec un sourire en coin comme une étincelle s'allumait dans ses yeux sombres. Je vous promets d'être sage. Et puis je suis certain que vous nous avez préparé un planning chargé, ajouta-t-il pour achever de la convaincre.

Jamilla n'était pas dupe. Il lui avait lancé un défi, et elle ne pouvait pas se défiler sous peine de lui prouver que la vision de son corps nu l'avait troublée et la troublait encore.

— Très bien, concéda-t-elle, vaincue.

Elle s'approcha, et une décharge la fit sursauter comme sa main se refermait sur son poignet.

Inconscient de son trouble, il la hissa derrière lui comme si elle ne pesait rien, et une nouvelle vague de chaleur se répandit en elle lorsqu'elle se retrouva pressée contre son torse musclé, aussitôt enveloppée par son parfum viril et suave.

S'efforçant de mettre de la distance entre eux, elle se déplaça doucement et se pencha en arrière.

— Il va falloir que vous vous accrochiez, Jamilla, déclara-t-il, la tirant de ses pensées.

Posant une main sur son genou, il reprit :

— Sinon le trajet risque de nous prendre un certain temps… et j'ai l'impression que ni vous ni moi n'avons vraiment envie de traîner ici.

Glissant les bras autour de sa taille, elle se rapprocha de lui, et ses mamelons durcirent au contact de son corps brûlant. Se crispant aussitôt, elle adressa une prière muette pour qu'il ne s'aperçoive de rien. Elle n'arriverait jamais à survivre à une telle humiliation !

Talonnant sa monture, il déclara :

— On y va, mon grand.

L'étalon partit aussitôt au galop, l'obligeant à raffermir sa prise et à se coller à lui.

Fermant les yeux, elle s'efforça de calmer les battements désordonnés de son cœur et d'ignorer la façon dont ses cuisses se serraient autour de l'animal et les mouvements de ses muscles sous ses vêtements.

Elle pria comme elle n'avait jamais prié afin de survivre à ce voyage en enfer qu'elle avait mérité à la fois pour avoir sous-estimé Dane Jones et pour avoir profité de l'incroyable spectacle de son corps nu et musclé ruisselant d'eau.

3.

— Jamilla, êtes-vous occupée ? J'ai quelque chose à vous montrer.

Levant les yeux de son ordinateur, elle avisa Saed Khouri, le responsable des domestiques, qui se tenait à l'entrée de son bureau, un dossier sous le bras.

Bien sûr que je suis occupée, eut-elle envie de répondre. *La mission commence demain, et je ne crois pas que Dane se sentira un jour à l'aise dans son rôle de représentant de la famille royale.*

Ignorant la vague de panique qui montait à en elle à cette idée, elle referma son portable et soupira discrètement pour se calmer.

— Entrez, Saed.

Consultant sa montre, elle nota qu'il était déjà 22 heures. Elle n'avait plus de temps à perdre si elle espérait avoir tout terminé pour minuit.

Ils partaient pour Rome à 9 heures le lendemain et elle allait avoir besoin de repos si elle voulait être en forme. Elle ne pouvait plus se permettre la moindre erreur avec Dane ou qui que ce soit d'autre d'ailleurs.

Il fallait cependant bien admettre que ces sept derniers jours s'étaient mieux déroulés que ce à quoi elle s'était attendue. Ils avaient réussi à développer une relation de travail stable, comme si leur rencontre à l'oasis et le trajet de retour leur avaient permis de conclure une trêve.

Dane s'était montré coopératif même s'il était évident

qu'il éprouvait toujours des difficultés avec le concept de monarchie. Quand elle lui avait présenté leur emploi du temps pour les trois prochaines semaines, il l'avait écoutée avec attention, se bornant à faire un ou deux commentaires. S'il avait trouvé sa présentation ennuyeuse, il ne s'était montré ni désagréable ni sarcastique dans ses remarques, ce dont elle lui était reconnaissante.

Elle-même s'était d'ailleurs efforcée de s'adresser à lui d'un ton parfaitement professionnel comme si aucune tension ne régnait entre eux, et surtout comme si elle ne l'avait pas surpris dans le plus simple appareil quelques jours plus tôt.

Elle n'avait pourtant pas réussi à oublier cet instant et s'était réfugiée dans son travail, le laissant vaquer à ses occupations. Sans relâche, elle avait passé chaque détail de chaque réunion en revue, vérifiant et revérifiant que tout était réglé pour leur arrivée dans les différents pays d'Europe avec lesquels Zafar espérait renforcer les relations économiques.

Organisée pour Karim et Orla qui avait tous deux davantage d'expérience dans le rôle d'ambassadeurs royaux, la mission prévoyait de participer à différents événements qui auraient certainement ennuyé Dane. Jamilla avait donc pris contact avec ses homologues locaux afin de modifier certaines étapes particulièrement difficiles pour lui comme une visite d'une journée d'une académie pour filles située à Barcelone.

L'éducation était l'une des passions d'Orla, mais forcer Dane à passer une journée entière avec des jeunes filles prépubères n'aurait pas manqué de provoquer une catastrophe. Certaines seraient sans doute tombées sous son charme. Elle-même n'avait d'ailleurs pas pu s'empêcher de réagir comme une adolescente en le découvrant à l'oasis… Non, vraiment, il valait mieux faire preuve de prudence et limiter la visite à quelques heures.

D'autant que ces aménagements lui avaient également permis de planifier une étape de deux jours dans le comté de Kildare pour rendre visite à Karim et Orla après leur séjour d'une semaine en Italie. Une rencontre avec son frère ne manquerait pas de remonter le moral de Dane et de développer sa confiance en lui. Bien qu'il ne semblât pas en manquer… Au contraire.

Pour autant, elle ne parvenait pas à oublier les ombres dans son regard quand il était arrivé au palais ou lorsqu'il avait parlé de son enfance.

Aussi avait-elle décidé de lui faciliter la tâche en prévoyant quelques visites dans des écoles et cliniques locales ainsi que des marchés et plusieurs entreprises afin de lui permettre de se familiariser avec le protocole tout en lui offrant l'occasion d'aller à la rencontre des hommes et des femmes issus du royaume qu'il était censé représenter. S'il avait grandi à Zafar, il était parti depuis trop longtemps pour savoir combien le pays, ses mœurs et sa culture avaient changé.

Jusqu'à présent, tout s'était bien passé. Non seulement Dane n'avait pas eu l'air s'ennuyer, mais il semblait également comprendre le zafari bien mieux qu'il l'avait laissé croire. Et, s'il affirmait toujours être incapable de le parler, il était évident qu'il était le candidat idéal pour remplacer son frère durant son absence.

Sous son cynisme apparent et son allure peu conventionnelle pour un membre de la famille royale, Dane était également incroyablement intelligent et charismatique – ces deux qualités expliquant sans doute comment il avait pu bâtir un tel empire dans le monde de la nuit.

— Je vous en prie, Saed, entrez, reprit Jamilla comme il s'obstinait à rester à distance. Que puis-je faire pour vous ?

Leur relation était compliquée, Saed ayant des difficultés à accepter qu'une femme ait décroché le poste de chef de la diplomatie. Mais aussi conservateur qu'il fût, Saed était extrêmement professionnel.

Jamilla avait d'ailleurs fait appel à lui dans l'espoir d'en savoir davantage sur l'enfance de Dane au palais, mais il avait n'avait aucune information à lui donner. Elle s'était alors tournée vers Ameera, la suivante de la reine, qui lui avait également répondu qu'elle ignorait tout du mariage du roi Abdullah avec Kitty Jones.

Non seulement ces événements remontaient à plus de vingt-cinq ans, mais l'Américaine avait emmené son propre entourage au palais et passé la plupart de ces cinq années de mariage hors du royaume, partageant son temps entre les États-Unis et l'Europe avant d'emmener son fils en Amérique après le divorce.

Cette décision avait d'ailleurs surpris Jamilla. Pourquoi la mère de Dane ne l'avait-elle pas emmené en voyage avec elle ? Il était encore très jeune à l'époque, il n'avait que cinq ans… Incapable de dénicher la moindre information supplémentaire, elle avait été forcée de garder ses questions pour elle.

Acquiesçant, Saed entra pour déposer un dossier sur son bureau.

— Après notre conversation à propos de Son Altesse, j'ai décidé de passer en revue les effets personnels de Sa Majesté le roi Abdullah, annonça-t-il. J'étais certain d'y trouver quelque chose d'intéressant et, ce soir, j'ai trouvé ce dossier.

— Oh ! je vois, rétorqua-t-elle en l'étudiant, soudain curieuse. Que contient-il ?

Avant que Saed ait eu le temps de répondre, elle l'ouvrit et obtint immédiatement la réponse à sa question.

Il s'agissait de lettres écrites par une main d'enfant et portant un timbre de New York.

Elle en prit une et la retourna pour découvrir l'adresse de retour également indiquée d'une écriture enfantine :

Dane Amari Khan

Central Parc West

USA

Jamilla écarquilla les yeux, surprise. Ainsi il n'avait pas toujours refusé de porter le nom de son père…

— Il y a de nombreuses lettres, précisa Saed. Elles ont toutes été écrites par le jeune prince et adressées à son père sur une période de six ans, après son départ de Zafar avec sa mère.

Notant qu'aucune n'avait été ouverte, Jamilla sentit sa gorge se serrer.

— Savez-vous si le roi Abdullah les a reçues ?

C'était peu probable, sans quoi, il les aurait sans doute ouvertes ou aurait plutôt demandé à son secrétaire personnel de le faire…

— Elles étaient parmi ses effets personnels donc je pense qu'il les a affectivement reçues…, répondit Saed d'un air grave.

Levant les yeux, Jamilla réalisa qu'il était mal à l'aise.

De toute évidence, il avait également compris que le roi Abdullah avait choisi de ne pas ouvrir les lettres provenant de son plus jeune fils sans pour autant s'en débarrasser. Le fait qu'il les ait conservées toutes ses années et rassemblées dans un dossier rendait d'ailleurs sa décision encore plus cruelle, comme s'il éprouvait une satisfaction malsaine à les savoir là, à sa portée, sans jamais s'y intéresser…

Cette découverte n'aurait pas dûétonner Jamilla. Le roi Abdullah était un homme difficile et autoritaire qui avait maltraité au moins l'une de ses épouses, Cassandra Wainwright, la mère de Karim. Il avait également été violent avec ce dernier quand il n'était encore qu'un adolescent. Il l'avait fait fouetter durant un été où il était rentré à Zafar. Mais pour une raison inconnue, son comportement vis-à-vis de Dane lui semblait encore plus insupportable et inhumain.

Prenant plusieurs lettres, elle nota que l'écriture était devenue plus fluide à mesure qu'il grandissait. L'adresse de retour changeait également régulièrement, mais toutes les enveloppes étaient restées scellées.

Une vague de chagrin la balaya, et elle se sentit soudain

proche de Dane. Après tout, elle savait mieux que personne, combien il était douloureux d'être rejeté par son père.

— Souhaitez-vous les ouvrir ? demanda Saed, la tirant de ses pensées. Vous pourrez peut-être mieux comprendre la relation entre Son Altesse et son père si vous les lisez.

Il n'avait pas tort, mais elle ne pouvait pas s'y résoudre. Certes, elle était curieuse d'en apprendre davantage sur Dane et sur son enfance, mais elle n'avait pas le droit de violer ainsi son intimité.

Secouant la tête, elle répondit :

— Merci beaucoup, Saed, mais je crois qu'il vaudrait mieux les rendre à Dane.

Elle n'en avait pourtant aucune envie. Dane semblait commencer à se faire à l'idée qu'il devait remplacer son frère à la tête d'un pays qu'il haïssait. Ses rencontres avec les habitants de Zafar paraissaient l'avoir quelque peu adouci, mais ce dossier risquait de raviver sa rancœur envers la monarchie qu'il était pourtant censé représenter.

Découvrir que son père n'avait jamais ouvert les lettres qu'il lui avait envoyées risquait de mettre à mal tous ses efforts et pourtant… elle n'avait pas d'autre choix.

Le petit garçon qui s'était appliqué à écrire à son père durant tout ce temps et avait sans doute attendu ses réponses avec impatience méritait de connaître la vérité.

4.

Dane sortit de la limousine et découvrit Jamilla qui l'attendait au bas de l'escalier.

Malgré lui, il ne put s'empêcher de contempler son corps aux courbes gracieuses mises en valeur par son tailleur. Son foulard aux couleurs vibrantes encadrait son beau visage, et l'une de ses extrémités se soulevait doucement sous l'effet du vent.

Son regard se posa aussitôt sur lui et une vague brûlante monta en lui.

Nom d'un chien !

Jamilla était incroyablement séduisante, il ne pouvait pas le nier, mais comment faisait-elle pour avoir un tel effet sur lui ? C'était à n'y rien comprendre, vraiment. Pourquoi ses yeux ambrés et son corps de rêve le poursuivaient-ils jusque dans ses rêves ?

Ils avaient travaillé ensemble tout au long de la semaine et, s'il s'était efforcé de se montrer professionnel, l'attrait qu'elle exerçait sur lui ne cessait de se renforcer et le rendait de plus en plus susceptible et maussade, ce qui était injuste.

Jamilla avait adapté leur voyage pour lui faciliter la tâche. Elle travaillait également d'arrache-pied afin que tout se passe au mieux et qu'il se sente à l'aise. Son professionnalisme était indéniable et ses efforts pour lui venir en aide à la fois appréciables et louables. Mais pourquoi fallait-il qu'elle soit aussi sexy dans ses tailleurs sur mesure ?

— Bonjour Dane. Hakim a-t-il oublié de vous fournir

votre uniforme ? s'enquit-elle d'une sa voix mélodieuse qui renforça encore son irritation.

Il ne pouvait pas se permettre de se laisser distraire. Jamilla lui était interdite. Il ne devait pas l'oublier.

— J'ai dit à Hakim de le mettre dans mon sac, rétorqua-t-il sèchement.

Il regretta aussitôt de passer sa mauvaise humeur sur elle, mais ne s'excusa pas. Certes, elle n'était pas responsable de l'effet qu'elle avait sur lui, mais l'uniforme dont elle parlait était un problème de taille.

Au cours de ces derniers jours, le tailleur attitré de la famille royale était venu prendre ses mesures à plusieurs reprises. En lieu et place des différents costumes et habits de cérémonies faits pour les différents bals auxquels il allait assister, Hakim lui avait apporté un uniforme aux épaulettes dorées, décoré de boutons de la même couleur ainsi que de différentes récompenses militaires qui ne lui avaient jamais été attribuées.

Pourquoi était-il censé s'habiller comme un soldat alors qu'il n'avait jamais servi dans l'armée zafarite et n'en était pas le commandant en chef contrairement à son frère ?

— Il faut que nous parlions de mes tenues. Je ne me sens pas du tout à l'aise dans cet uniforme.

— Je vois, se contenta-t-elle de dire.

Son absence de réaction l'agaça prodigieusement. Leur relation professionnelle s'était considérablement améliorée durant ces derniers jours, mais son tempérament de feu, dont il avait eu un aperçu lors de son arrivée, lui manquait.

À tout le moins aurait-il aimé qu'elle le défie comme elle l'avait fait alors. Elle semblait avoir décidé de se contrôler en sa présence, et il ne supportait pas les faux-semblants. Il n'avait d'ailleurs jamais aimé dissimuler ses émotions sous un masque pour faire ce qu'on attendait de lui. Ce n'était pas dans sa nature.

Secouant la tête pour chasser ces sombres pensées, il rejoignit la jeune femme et lui emboîta le pas tout en s'efforçant de détourner les yeux de ses fesses. En vain.

Comme il entrait dans l'avion, les employés s'inclinèrent sur son passage, attisant sa colère, et il serra les mâchoires pour retenir une remarque désobligeante.

Au même instant, le parfum féminin de Jamilla l'enveloppa, le ramenant à l'oasis et à l'instant où elle s'était plaquée contre lui quand il avait lancé sa monture au galop. Ce souvenir brûlant le torturait depuis des jours, et il était prêt à exploser.

— Quel est le problème avec l'uniforme ? s'enquit Jamilla d'un air inquiet après qu'ils se furent installés dans leur siège respectif.

— Vous plaisantez ? rétorqua-t-il froidement tout en s'efforçant d'ignorer la morsure du désir qui ne semblait pas vouloir le quitter. Je refuse de porter ça. J'aurais l'impression d'être un imposteur.

Ou de vouloir ressembler à mon père, ajouta-t-il pour lui-même.

— Cet uniforme est celui du commandant en chef de notre armée, expliqua-t-elle d'un ton patient. Il doit être porté par le chef de l'État, et cet honneur revient au souverain de Zafar. Il en est ainsi depuis des générations.

— Je ne suis pas le roi, lui rappela-t-il brutalement.

— Nous pourrions peut-être trouver un compromis ?

— Lequel ? demanda-t-il en plongeant son regard dans le sien.

Jamilla rougit légèrement, et il se rappela sa réaction quand elle l'avait découvert à l'oasis et que ses yeux s'étaient posés sur…

Non ! Il valait mieux oublier ça !

— Seriez-vous prêt à porter l'uniforme uniquement lors des bals et banquets auxquels vous devez assister ? Comme celui donné chez l'ambassadeur à Paris ?

Dane réfléchit un instant et soupira. C'était mieux que rien, même si les réactions de Jamilla lui portaient sur les nerfs.

C'était son travail de l'assister et d'organiser son voyage, mais elle le traitait comme un enfant difficile faisant des caprices.

— Vous n'aurez pas l'air ridicule, ajouta-t-elle dans l'espoir de le convaincre.

Elle veillait à parler d'une voix apaisante comme si elle cherchait à le rassurer. Mais pour qui le prenait-elle ?

— Tout le monde portera un smoking, un uniforme ou un habit traditionnel. Vous serez parfaitement à votre place parmi…

— Que porterez-vous ? la coupa-t-il.

Elle écarquilla les yeux et rougit davantage.

— Un tailleur.

— Comme celui que vous portez maintenant ?

— Oui. Je suis censée travailler, lui rappela-t-elle. Je n'assiste pas au bal en tant qu'invitée mais en tant que membre de l'entourage royal.

Elle rougit de plus belle, et il eut soudain une idée qui n'allait pas manquer de la choquer, mais peu importait. Il avait besoin de s'amuser un peu.

— Je refuse d'assister à ce bal tout seul, Jamilla. Et je n'ai pas l'intention d'y aller vêtu de cet uniforme si vous ne m'accompagnez pas dans une tenue au moins aussi extravagante. Une robe de bal, par exemple, continua-t-il après un instant de réflexion.

— Je ne comprends pas, avoua-t-elle, les sourcils froncés.

Elle semblait tellement perplexe qu'il dut retenir un sourire. Elle était vraiment mignonne quand elle avait l'air perdue.

— Très bien, laissez-moi vous l'expliquer dans des termes plus clairs : si vous voulez que j'aille au bal dans cet uniforme, vous devrez être ma cavalière.

Il ne l'avait jamais vue porter autre chose que ces tailleurs stricts ou le jean qu'elle avait enfilé pour le retrouver à l'oasis. Qu'y avait-il de mal à vouloir la contempler dans une robe moulante qui mettrait ses formes en valeur et raviverait l'éclat de ses yeux couleur ambre ?

Il allait sans aucun doute le regretter et souffrir le martyre en la découvrant dans une tenue aussi sexy, mais peu importait. Il ne s'agissait plus uniquement de la taquiner ou de se venger de la façon dont elle s'adressait à lui. Il la voulait à ses côtés pour les grandes occasions.

Son expérience en tant qu'homme d'affaires lui serait sans aucun doute très utile dans les jours à venir. S'il savait se montrer charismatique et charmant quand il le voulait, il ne se sentait pas à l'aise dans son rôle de représentant du royaume de Zafar. Il avait pourtant une mission à remplir et une promesse à tenir. Karim comptait sur lui, il ne pouvait pas le décevoir.

Il fallait également penser à tous ces gens qu'il avait rencontrés lors de sa tournée du pays. Ces habitants loyaux et travailleurs qui admiraient la famille royale et méritaient d'être représentés par un homme qui leur rendrait honneur.

Il avait bien l'intention de réussir sa mission, mais il n'était pas certain non plus de ne pas commettre des erreurs. Avec une Jamilla souriante à ses côtés, capable de le conseiller ou de réparer les dégâts, il était sûr de se montrer à la hauteur de ce que l'on attendait de lui.

Sans compter qu'elle le fascinait et l'attirait comme aucune femme avant elle. Le simple fait de lui parler lui avait déjà permis de se détendre malgré le feu du désir brûlant en lui.

— Je ne peux pas être votre cavalière ! s'exclama-t-elle, visiblement horrifiée à cette perspective. Ce ne serait pas approprié.

— C'est à prendre ou à laisser. Ce sont mes conditions. Si vous refusez, je porterai une tenue dans laquelle je me sens bien.

Il possédait plusieurs costumes qui feraient parfaitement l'affaire pour ce genre d'occasion et il ne serait pas difficile de les faire livrer à temps, mais Jamilla l'ignorait et elle n'avait aucun besoin de le savoir.

Elle avait d'ailleurs les yeux écarquillés, l'imaginant sans doute débarquer à la soirée de l'ambassadeur zafarite dans un jean délavé et un vieux T-shirt.

Cette perspective manqua le faire éclater de rire, mais il reprit son sérieux quand elle se mordit la lèvre inférieure, ce geste simple le mettant au supplice comme si une lance brûlante s'était fichée dans ses reins.

— Je pourrais en discuter avec Leurs Majestés lors de notre arrivée dans le comté de Kildare, finit-elle par dire. S'ils sont d'accord pour oublier le protocole, je demanderai à Orla de me prêter quelque chose pour vous accompagner au bal… si c'est vraiment ce que vous voulez.

— C'est le cas, affirma-t-il, satisfait.

Qui aurait cru qu'il serait aussi amusant et excitant de la forcer à l'accompagner, même s'il avait parfaitement conscience de jouer avec le feu ?

Plus d'une fois, il l'avait surprise à le contempler discrètement quand elle pensait qu'il avait le dos tourné. Il y avait également sa réaction, à la fois gênée et fascinée, quand elle l'avait surpris, nu, à l'oasis, ainsi que celle de son corps quand elle s'était plaquée contre lui lors de leur retour au palais. Malgré leurs vêtements, il n'avait pas manqué de remarquer ses tétons durcis par le désir…

Ces souvenirs ne cessaient de le torturer depuis mais, cette fois, il ne s'en formalisa pas, se contentant de la suivre du regard comme elle se levait pour s'adresser aux autres membres de la délégation.

Ce voyage n'allait peut-être pas être aussi horrible qu'il l'avait cru au départ. Ignorer ses sentiments ou plutôt la réaction de son corps en présence de Jamilla ne lui avait pas réussi jusqu'à présent. La solution était peut-être d'arrêter de lutter et d'en profiter pour s'amuser un peu… sans pour autant franchir les limites, bien sûr.

Et si la proximité de son corps aux courbes affriolantes n'allait pas manquer de le rendre fou, la défier et la provoquer dans l'espoir de dévoiler ce tempérament de feu qu'elle essayait désespérément de cacher en se réfugiant derrière les règles du protocole lui permettraient au moins d'oublier ce malaise qui ne l'avait pas quitté depuis son arrivée à Zafar.

Jamilla contempla les petites embarcations qui flottaient sur la Méditerranée tandis que le jet se dirigeait vers l'Italie. Il leur restait moins de vingt minutes avant l'atterrissage à Rome où ils passeraient six jours avant de se rendre en Irlande.

Malgré elle, elle ne put retenir un frisson en songeant à la conversation qui l'attendait. Comment allait-elle pouvoir expliquer à ses employeurs, et surtout à Orla, qu'elle avait accepté de rompre les règles du protocole pour accompagner Dane lors du bal à Paris, et tout cela simplement pour qu'il accepte de porter un uniforme ?

Leur décision ne l'inquiétait pas. Ils allaient certainement accepter sans la moindre hésitation. Quant à Orla, elle ne verrait aucun inconvénient à lui prêter une tenue pour l'occasion. Elle n'avait jamais aimé toutes ces règles strictes et elle lui faisait confiance. Elle la croirait si elle lui expliquait que c'était une idée de Dane et qu'elle n'avait pas le choix. Le problème était que…

La voix de Dane la fit soudain sursauter, l'arrachant à ses pensées, et elle tourna la tête dans sa direction. Il contemplait le paysage tout en discutant avec son équipe de management à Manhattan.

Son cœur se mit soudain à battre la chamade, et elle détourna les yeux pour reporter son attention sur l'océan qui étincelait sous le soleil. C'était plus fort qu'elle et c'était ainsi depuis que Dane lui avait fait cette offre scandaleuse ou plutôt depuis qu'il avait exigé sa présence à ses côtés.

Le problème était qu'elle avait accepté ou plus exactement qu'il lui avait été impossible de refuser. D'abord parce qu'une part d'elle-même en aurait été incapable, mais également pour une autre raison, plus sérieuse celle-là. Dane le lui avait demandé parce qu'il avait besoin d'elle.

Ces derniers jours, elle n'avait pas pu s'empêcher de

constater qu'il était plus consciencieux et plus sérieux vis-à-vis du rôle qui lui avait été confié. Il semblait même avoir perdu une part de son animosité envers la monarchie zafarite depuis sa rencontre avec certains habitants. Avec elle à ses côtés pour le conseiller ou l'aiguiller discrètement, il pourrait s'acquitter de sa mission d'une façon plus efficace, mais également plus sereine.

D'autant qu'elle n'avait pas non plus manqué de remarquer combien il aimait la défier et la provoquer dans l'espoir de lui faire perdre ses moyens ou de la voir s'emporter. Se servir de son charme pour déstabiliser une femme était sans nul doute l'un de ses hobbys et, même s'il n'avait pas l'intention de la séduire, s'amuser ainsi à ses dépens lui permettrait de mieux supporter les rigueurs du protocole tout au long de la mission diplomatique.

Malheureusement, la situation était bien plus compliquée pour elle. Elle n'avait pratiquement pas d'expérience avec les hommes et surtout pas avec des hommes aussi sexy et séduisants que lui. Elle éprouvait d'ailleurs d'immenses difficultés à rester de marbre en sa présence. Il lui suffisait de plonger son regard dans le sien ou de lui parler pour que son corps la trahisse. C'était à la fois pathétique et humiliant.

Heureusement, il lui restait six jours de mission diplomatique en Italie et en Irlande avant de rejoindre Paris. Ce délai allait sûrement lui permettre de s'habituer à sa présence et d'apprendre à mieux gérer ses émotions. Il le fallait, elle n'avait pas le choix.

Se penchant, elle récupéra un dossier dans son sac.

Au début, elle avait eu l'intention de le lui donner dès leur entrée dans l'avion, quatre heures plus tôt, mais elle n'avait pu s'y résoudre quand il lui avait demandé de l'accompagner au bal. C'était une erreur, une de plus, car elle aurait déjà dû le lui remettre plusieurs jours auparavant. Si elle ne l'avait pas fait, c'était simplement parce que... elle avait envie qu'il l'apprécie.

Dane raccrocha et glissa son portable dans sa poche et Jamilla se redressa légèrement. Elle ne pouvait plus attendre. Ce n'était ni juste ni honnête. Il méritait de connaître la vérité.

La gorge serrée, elle se leva et marcha vers lui.

— Dane, commença-t-elle d'une voix aiguë, je peux vous parler ?

Il fronça les sourcils, et son rythme cardiaque s'accéléra.

— Oui, à condition que ce ne soit pas pour me faire de nouvelles recommandations.

— Non, c'est…

Elle s'interrompit pour s'installer en face de lui et posa le dossier sur la table entre eux.

— Saed a trouvé ceci dans les effets personnels de votre père. J'ai pensé que vous aimeriez les récupérer, dit-elle en le poussant dans sa direction.

Son estomac se noua au moment où une vague de tristesse l'envahissait. Dane allait sûrement la haïr à présent. Comment pouvait-il en être autrement ? Il s'apprêtait à découvrir à quel point son père le méprisait.

Dane contempla le dossier d'un air perplexe. Pourquoi Jamilla avait-elle l'air aussi tendue ? Son visage exprimait la même tristesse qu'à l'oasis quand il lui avait parlé de son enfance.

— Qu'est-ce que c'est ?

Jamilla garda le silence, et il reconnut aussitôt le tas d'enveloppes jaunies.

En choisissant une, il passa son doigt sur le timbre et sur l'écriture enfantine qui le ramena des années en arrière, une période sombre qu'il aurait préféré oublier. Il en prit une autre puis une autre et remarqua soudain qu'aucune n'avait été ouverte.

— Quelle espèce de …, murmura-t-il en se forçant à ignorer la douleur qui lui serrait le cœur.

Cet infime espoir dont il ignorait l'existence et qui avait

survécu durant toutes ces années venait de disparaître pour de bon.

— Je suis navrée, Dane.

Levant les yeux, il avisa Jamilla qui l'observait avec compassion, son regard brillant de douceur et de chagrin, et sa douleur s'intensifia.

— Pourquoi ?

— Pour ce qu'il vous a fait, répondit-elle simplement. J'ai toujours su qu'il n'avait pas été un bon roi, mais je n'avais jamais imaginé qu'il était ce genre d'homme. Ce n'était pas quelqu'un de bien et ce n'était pas non plus un bon père. Ne soyez pas triste.

— Triste ? répéta-t-il avec un sourire.

La compréhension et la gentillesse dont elle faisait preuve à son égard commençaient pourtant à lui taper sur les nerfs. Elle lui rappelait cet enfant qu'il avait été, s'appliquant à écrire des lettres à son père, convaincu qu'il les lirait et viendrait le sauver.

— Pourquoi serais-je triste ? demanda-t-il en jetant la lettre sur la pile.

Jamilla sembla surprise, ce qui était tout aussi bien. Il n'avait pas besoin de sa pitié. Cet enfant n'existait plus.

— Parce que..., commença-t-elle en baissant les yeux sur le dossier toujours ouvert, il n'a pas répondu aux lettres que vous lui avez envoyées. Vous avez dû vous poser de nombreuses questions et vous vous demandez sans doute toujours pourquoi.

— Pas vraiment, rétorqua-t-il en haussant les épaules.

Ces questions l'avaient torturé à l'époque, mais il n'était plus ce gamin idiot. Il avait grandi et mûri.

— C'est elle qui m'a forcé à les écrire.

— Elle ?

— Ma mère, précisa-t-il. Elle pensait pouvoir obtenir plus d'argent si c'était moi qui le lui demandais. Elle a dépensé l'indemnité du divorce très rapidement et...

Son regard se posa sur la pile, et ses pensées la ramenèrent à Kitty Jones qui le forçait à abandonner ses jeux avec ses amis pour écrire une lettre chaque mois. C'était sa seule règle, la seule chose qui comptait vraiment pour elle.

Elle se moquait de savoir s'il allait à l'école ou non ou qui il fréquentait, ne s'inquiétait pas de ne pas le voir rentrer le soir ou de ce qu'il faisait tant qu'il ne la gênait pas. Il n'était qu'un fardeau qui lui avait abîmé le corps, le bâtard d'un salaud qu'il fallait nourrir et entretenir.

Alors, chaque mois, elle le forçait à s'installer à table et l'encourageait d'une voix douce et mélodieuse, celle qu'elle employait toujours pour obtenir ce qu'elle voulait.

« Applique-toi, mon bébé. Dis-lui combien notre vie est difficile et qu'un prince de Zafar devrait pouvoir manger à sa faim. »

Il la voyait encore, faisant les cent pas devant lui, vêtue d'une robe de chambre en soie tout en tirant des bouffées de cigarette. Il lui arrivait même de sentir son parfum à la rose lourd et bon marché mêlé de relents d'herbe écœurante tandis qu'il continuait d'espérer malgré tout que son père finirait par lui répondre. Il n'y croyait plus, mais cet espoir ne l'avait jamais vraiment quitté, et il avait fini par se convaincre que ses lettres ne lui étaient en fait jamais parvenues. Quel idiot !

— On dirait que son plan s'est retourné contre elle, commenta-t-il en refermant le dossier.

S'efforçant d'ignorer la douleur qui lui pinçait toujours le cœur, il afficha un franc sourire.

— C'est assez ironique quand on y pense. Elle m'a fait écrire toutes ses lettres et il n'a jamais pris la peine de les lire. On dirait qu'il a remporté cette bataille.

L'une de ces innombrables batailles ayant émaillé la guerre que ses parents se faisaient sans s'inquiéter qu'il soit au milieu… du moins jusqu'à ce que sa mère lui dise que…

Chassant ses pensées désagréables, il repoussa le dossier vers Jamilla.

— Prenez-le.

Visiblement choquée par sa réaction, elle hocha néanmoins la tête.

— Très bien.

L'espace d'un instant, il se la représenta enfant. Elle était sans doute mignonne, très intelligente, travailleuse et obéissante avec cette longue chevelure coiffée en deux tresses parfaites et ces magnifiques yeux ambrés qui regardaient le monde avec émerveillement.

Elle l'aurait sûrement détesté s'ils s'étaient rencontrés alors. Il n'était qu'un sale gamin arrogant qui n'en faisait qu'à sa tête. Même sa mère avait été incapable de le contrôler quand il était devenu adolescent. C'était d'ailleurs lors de l'une de leurs disputes qu'elle avait perdu son sang-froid et lui avait avoué la vérité. Il avait cessé d'écrire ses maudites lettres tout en se promettant de ne plus faire confiance à qui que ce soit.

Jamilla ferma soigneusement le dossier et lui lança un regard incertain avant de demander :

— Que voulez-vous que j'en fasse ?

— Je n'en sais rien, avoua-t-il en haussant les épaules. Les jeter ? Les brûler ? Je m'en moque. Faites-en ce que vous voulez. Elles ne représentent rien pour moi, poursuivit-il d'un air serein. Il en a toujours été ainsi.

Pourtant, comme elle se levait pour les emporter, il ne put ignorer la douleur qui lui serrait le cœur, le refuge de cette ultime étincelle d'espoir qui venait de s'éteindre à tout jamais.

5.

— Qu'est-ce que ça fait d'être enfin reconnu comme membre officiel de la famille royale et prince de Zafar après avoir été chassé du royaume durant votre enfance par votre père, le roi Abdullah ?

Dane plissa les yeux en direction de la jeune journaliste installée au premier rang. Les flashs étincelèrent tandis que les caméras se focalisaient sur lui, et il serra les dents pour retenir une réponse désobligeante.

Malgré sa colère, il ne put s'empêcher de songer aux maudites lettres que Jamilla avait tenté de lui rendre trois jours plus tôt, celles qui confirmaient ce qu'il savait déjà. Il n'était pas à sa place, ici, il n'était qu'un imposteur. Il n'avait rien d'un prince.

Installée sur l'estrade spécialement mise en place pour la conférence de presse organisée dans le seul hôtel six étoiles de Rome, Jamilla se figea. Dane n'avait accepté de répondre aux questions des journalistes qu'à condition de ne pas parler de son passé.

— Son Altesse n'est pas là pour répondre à des questions personnelles, commença-t-elle avant de s'interrompre comme il levait la main.

Il était trop tard pour lever de telles objections. Il ne pouvait plus éviter le sujet sans quoi tout le monde comprendrait à quel point il était sensible. Ils en viendraient même à croire qu'il se préoccupait toujours de ce que son père avait pu penser de lui ou qu'il souhaitait reprendre sa place au sein de la famille royale. Il était hors de question de les laisser penser cela.

— C'est incroyable, répondit-il avant de retenir un juron comme la horde de reporters se levait pour le bombarder de questions personnelles.

Ils ressemblaient à un banc de piranhas prêts à fondre sur leur proie.

— Que ressentez-vous envers votre père ?

— Est-ce vrai que vous êtes retourné à Zafar il y a neuf jours pour la première fois en vingt-cinq ans ?

— Pourquoi ne portez-vous pas le nom de votre père ?

— Avez-vous l'intention d'ouvrir une boîte de nuit au milieu du désert ?

La plupart de leurs paroles étaient inintelligibles, mais celles qui lui parvinrent manquèrent le rendre fou de rage.

Il n'avait jamais cherché à se faire de la publicité en se servant de sa famille, et la réaction des journalistes prouvait qu'il avait eu raison. Il n'aurait pas supporté leur insistance en une autre occasion.

Jamilla se leva soudain d'un bond.

— Je vous répète que Son Altesse ne répondra pas à des questions personnelles concernant sa famille, annonça-t-elle d'une voix forte et ferme tout en lançant un regard furieux aux reporters. Son Altesse représente le royaume de Zafar lors d'une importante mission économique à travers l'Europe. Si vous souhaitez lui poser des questions sur son rôle durant cette mission, je vous prie de le faire.

Elle répéta ses instructions, d'abord en italien puis en anglais, et la horde finit enfin par se calmer. Certains tentèrent bien de poser quelques questions indiscrètes, mais les autres se rassirent tranquillement.

— Je vous remercie, conclut-elle en glissant une mèche rebelle derrière son oreille.

Rajustant son tailleur, elle reprit sa place à ses côtés, et une étrange émotion l'envahit. Ce n'était pas du désir, non, c'était plus que ça.

À quand remontait la dernière fois où quelqu'un avait tenté de le défendre et de le protéger avec tant de passion ? Il l'ignorait, mais sa réaction le toucha profondément.

Jamilla ne faisait pourtant que son travail. Son rôle était de s'assurer que les journalistes se concentrent sur le sujet qui les intéressait, à savoir Zafar et les nombreux atouts que possédait le royaume. Ainsi, ils étaient venus promouvoir les olives produites grâce à la révolution agricole menée par Karim.

Jamilla faisait donc simplement ce pour quoi elle avait été engagée. Il ne devait pas se leurrer quant à ses motivations ni se laisser distraire par sa nuque gracile ou par sa peau qui semblait si douce, surtout lorsqu'elle prenait des reflets rosés.

S'obligeant à se concentrer sur la conférence de presse, Dane se força à sourire et demanda :

— L'un d'entre vous a-t-il une question sur les olives ?

Quelques éclats de rire résonnèrent, et l'atmosphère se détendit aussitôt. Il ne pouvait hélas pas en dire autant de lui.

Il allait devoir se rendre à un banquet et, bien entendu, Jamilla serait à ses côtés. Il devait impérativement se reprendre et chasser tout souvenir douloureux de son esprit sans oublier de ne pas se laisser captiver par la beauté de la jeune femme ou par son parfum floral et irrésistible à la fois.

— Signorina Roussel, puis-je vous parler ?

Jamilla ouvrit la porte de sa suite pour découvrir l'homme chargé de la sécurité de Dane durant leur séjour en Italie.

— Bonjour, Enzo, que se passe-t-il ? demanda-t-elle, soudain anxieuse.

Elle avait quitté Dane une heure plus tôt, le laissant à l'entrée de la magnifique suite de l'hôtel six étoiles.

Ces trois derniers jours avaient été épuisants. Dès leur

descente de l'avion, ils avaient été accueillis par différents élus et hauts fonctionnaires ainsi que par de nombreux journalistes.

Dane avait toujours été une sorte d'énigme dans l'histoire de la famille royale zafarite. Sa réapparition soudaine en tant que représentant de la monarchie soulevait de nombreuses questions et faisait couler beaucoup d'encre. Et si Jamilla s'était efforcée de prévenir la presse que les questions personnelles étaient interdites, son intervention n'avait pas porté ses fruits. Au contraire…

Lors du dîner suivant la conférence de presse, il lui était d'ailleurs apparu qu'il était furieux de se retrouver ainsi sous le feu des projecteurs. Les questions des journalistes ainsi que les regards curieux de certains invités l'avaient mis mal à l'aise, et elle regrettait de lui avoir montré les lettres. Il aurait mieux valu garder le silence car, même si Dane s'était efforcé de rester impassible, il était évident que cette découverte l'avait perturbé. Elle le sentait.

Ses commentaires sur ses parents l'avaient bouleversée autant qu'ils l'avaient inquiétée, et elle avait été plus que ravie d'accéder à sa requête de quitter le banquet le plus rapidement possible.

Il s'était montré sec et cassant durant le trajet de retour à l'hôtel, mais elle ne lui en avait pas tenu rigueur. Une mission diplomatique comme celle-ci était à la fois fatigante et éprouvante. Dane appartenait certes à la famille royale, mais il n'avait aucune expérience en la matière et était sans doute épuisé.

Elle-même éprouvait une intense fatigue à la fois physique et mentale alors qu'ils avaient encore trois jours à tenir avant de partir pour Kildare lundi matin.

Dans l'espoir de se détendre, elle avait donc décidé de se faire couler un bain parfumé avec ses huiles préférées après avoir vérifié une dernière fois le planning du lendemain.

Elle était d'ailleurs sur le point de s'y plonger lorsque Enzo avait frappé à la porte.

— Je suis navré, *signorina*, mais Son Altesse insiste pour quitter l'hôtel sans ses gardes du corps.

Jamilla écarquilla les yeux.

— Il ne peut pas faire ça, il en va de sa sécurité.

— Nous le lui avons expliqué, *signorina*, mais il insiste. Je pense que vous devriez lui parler. Il a fait livrer une moto, et nous ne pourrons pas le protéger s'il refuse de nous laisser faire.

— Je vois, soupira-t-elle en se massant le front.

Le garder à l'hôtel n'allait pas s'avérer facile, mais le convaincre de ne pas se mettre en danger faisait partie de ses attributions.

— Ne vous inquiétez pas, je m'en occupe, déclara-t-elle en se redressant légèrement.

Raccompagnant Enzo jusqu'à la porte, elle ajouta :

— Je dois m'habiller. Faites juste en sorte qu'il ne parte pas avant mon arrivée.

— Je ferai de mon mieux, *signorina,* affirma Enzo d'un ton peu convaincu qui acheva de la faire paniquer.

Fermant la porte, elle enfila un jean, un T-shirt, un pull léger et une paire de bottes.

Courant jusqu'à la suite, elle frappa à la porte. Enzo ouvrit aussitôt, son portable collé à l'oreille.

— S'il vous plaît, dites-moi qu'il est encore là, le supplia-t-elle, à bout de souffle.

— Il a pris l'escalier de secours, l'informa-t-il sans poser son téléphone. Je suis en ligne avec mon équipe pour le rattraper dans le hall et…

— Faites donc ça, ordonna-t-elle en lui coupant la parole.

Avec un peu de chance, elle avait encore un espoir de convaincre Dane de changer d'avis si elle le retrouvait avant qu'il ne quitte l'hôtel.

— Tenez-moi au courant, ajouta-t-elle en se lançant dans le couloir à toute allure pour rejoindre l'issue de secours.

Se penchant au-dessus de la rampe en métal, elle repéra la chevelure bronze de Dane, deux étages en dessous.

— Dane, attendez, j'ai besoin de vous parler.

Son visage grimaçant apparut brièvement.

— J'ai fini ma journée, Jamilla. Retournez vous coucher.

Accélérant, elle finit par le rattraper alors qu'il gagnait le parking souterrain. Pestant intérieurement contre l'équipe de sécurité qui attendait dans le hall, elle se plaça devant lui.

— Je vous en prie, Dane, vous ne pouvez pas quitter l'hôtel. Pas sans vos gardes du corps, ajouta-t-elle en s'efforçant de reprendre son souffle.

— Écartez-vous de mon chemin, Jamilla.

Ses grandes mains se posèrent sur elle et la soulevèrent avec une facilité déconcertante.

Pourtant, quand il tenta d'ouvrir la lourde porte en métal, elle se précipita et lui coupa la route de nouveau.

Posant ses paumes sur son torse, elle ne put s'empêcher de remarquer les muscles qui jouaient sous son T-shirt noir. Une vague de désir monta aussitôt en elle.

— Je vous en prie, Dane, répéta-t-elle en s'efforçant d'ignorer la réaction de son corps. Vous ne pouvez pas partir seul. Les journalistes vous attendent toujours, sans compter que quelqu'un pourrait s'en prendre à vous.

— S'en prendre à moi ? s'enquit-il en écarquillant les yeux. Pourquoi ? Et puis ça n'a aucune importance, ça fait trois jours que je suis coincé ici et…

— Vous êtes un membre de la famille royale, lui rappela-t-elle, paniquée, et vous êtes ici en visite officielle.

Son parfum viril l'enveloppa, et son cœur se mit à battre la chamade tandis qu'une étrange chaleur se répandait entre ses jambes.

— Je vous l'ai déjà dit : j'ai fini ma journée. Il ne m'arrivera rien, continua-t-il, visiblement excédé par son insistance.

Je sais me débrouiller seul, et si les journalistes veulent me poursuivre, qu'ils essaient.

La prenant par le bras, il la poussa sans ménagement et ouvrit la porte pour se diriger vers une moto noire.

Prenant un trousseau de clés dans sa poche, il s'installa sur le siège et s'apprêta à enfiler son casque.

— Vous ne pouvez pas rouler avec ça ! s'exclama-t-elle d'une voix stridente. C'est très dangereux.

— Seriez-vous devenue ma mère, Jamilla ? l'interrogea-t-il en faisant démarrer le moteur. Même elle ne s'est jamais autant inquiétée pour moi, ajouta-t-il d'un air sombre.

Sa remarque la bouleversa, et elle ouvrit la bouche pour parler, mais Dane appuya sur la pédale et le moteur rugit.

Se jetant sur lui, elle l'agrippa par le bras pour l'empêcher de mettre son casque.

— N'y allez pas, le supplia-t-elle.

Elle était véritablement inquiète et pas uniquement parce que sa sécurité faisait partie de ses attributions. Elle ne voulait pas qu'il lui arrive quoi que ce soit.

— C'est dangereux. Et je risque de perdre mon travail. Je suis responsable de vous, continua-t-elle dans l'espoir de le convaincre.

Karim et Orla ne lui feraient aucun reproche s'il avait un accident, mais elle ne pourrait jamais se le pardonner.

Loin de s'emporter, Dane la contempla longuement comme s'il cherchait la réponse à une question particulièrement complexe.

— Mettez ça, ordonna-t-il en lui tendant son casque. Et montez derrière moi. Si vous êtes aussi inquiète, vous n'avez qu'à m'accompagner. Mais, quoi que vous fassiez, je n'ai pas l'intention de rester ici une minute de plus, conclut-il comme elle secouait la tête.

— Je ne peux pas prendre votre casque, affirma-t-elle en le repoussant.

— C'est à vous de voir, rétorqua-t-il en faisant vrombir

le moteur. Soit vous le mettez, soit vous restez. Que décidez-vous ?

Se mordant les lèvres, elle enfila le casque et s'installa derrière lui.

Avec un peu de chance, elle pourrait prévenir le service de sécurité de leur destination. Et, avec son aide, elle allait sûrement réussir à le convaincre de rentrer rapidement à l'hôtel.

Le moteur rugit de nouveau, ses vibrations se répercutant entre ses cuisses, et elle eut soudain l'impression d'être de retour dans l'oasis lorsque Dane l'avait fait monter derrière lui pour galoper à travers le désert.

— Accrochez-vous, ordonna-t-il.

Elle eut à peine le temps de glisser les bras autour de sa taille que la moto fila à travers le parking pour gagner les rues de Rome.

Étouffant un cri, elle ferma un instant les yeux comme les vibrations se faisaient plus fortes, gagnant tout son corps.

Dane retint un juron. La dernière chose dont il avait besoin en ce moment était de sentir les seins de Jamilla pressés contre son dos.

L'espace d'un instant, il envisagea même de s'arrêter pour la faire descendre avant de changer d'avis tandis que le vent lui fouettait le visage. Cette exquise torture était un faible prix à payer comparé à ce sentiment de liberté qui le gagnait à mesure qu'ils s'éloignaient de l'hôtel. Cela faisait des jours qu'il ne s'était pas senti aussi bien.

Au diable son père et son maudit pays ainsi que ce protocole avec ces règles ridicules qu'il allait devoir endurer pendant deux semaines afin de rembourser sa dette à son frère. Même si ce dernier n'avait probablement même pas conscience qu'elle existait…

Ce soir, il avait le loisir d'être enfin lui-même et non le représentant officiel d'une famille qui lui avait craché au visage quand il n'était encore qu'un enfant.

Ce soir, il n'était que l'homme d'affaires qui avait travaillé comme un fou pour construire son empire sans l'aide de personne et surtout pas de ceux qui ne l'avaient considéré que comme un pion ou une marionnette durant leur désastreux mariage.

Quittant la rue principale, il s'engagea dans une rue pavée, la main sur le klaxon pour chasser les touristes qui s'obstinaient à rester devant lui.

Ce n'était pas son premier séjour à Rome, et il savait parfaitement où il allait contrairement à Jamilla qui avait ouvert de grands yeux quand la limousine avait parcouru les rues de la ville pour les amener à destination.

Sa réaction autant que son aveu – c'était son premier voyage en Europe – l'avaient surpris. En tant que responsable du service diplomatique, il s'attendait à ce qu'elle ait davantage d'expérience en dehors de Zafar.

Sur un coup de tête, il tourna à droit et fila à travers le labyrinthe de ruelles menant à la Piazza di Trevi, ce qui fit brièvement sursauter Jamilla derrière lui.

De nombreux touristes, des couples pour la plupart, traînaient encore malgré l'heure tardive, mais la fontaine à l'eau turquoise était bien visible, les colonnes corinthiennes du Palazzo Poli, offrant un décor de rêve pour la mettre en valeur.

L'eau de l'ancienne source souterraine de la ville s'écoulait depuis le marbre, sous l'œil satisfait de Neptune, qui trônait en son centre, complètement nu. Plusieurs vestales l'entouraient tandis que des tritons se tenaient à ses pieds tels des sujets soumis.

Dane arrêta la moto et ne put retenir un sourire quand Jamilla desserra son étreinte. Tournant la tête, il la vit écarquiller les yeux. Sa réaction à la fois pure et émerveillée le fit tressaillir alors qu'une étrange émotion le gagnait, et son sourire disparut. Comment pouvait-elle être à la fois aussi ambitieuse et intelligente et aussi innocente ?

— C'est magnifique, souffla-t-elle, ressemblant davantage

à un enfant dans un magasin de jouets qu'à une femme capable de mater des journalistes récalcitrants. Merci.

Malgré lui, la vision de cette jeune femme franche et ingénue sous ses abords de professionnelle hautement efficace le toucha profondément. Haussant les épaules pour chasser ces émotions superflues, il déclara :

— Ce n'est pas grand-chose. C'est simplement sur mon trajet.

— Où allons-nous ?

— Je possède un club dans les environs. Il est ouvert depuis quelques années, et j'aimerais vérifier que tout se passe bien, incognito, bien sûr.

— Vous possédez une boîte de nuit en Italie ? s'enquit-elle en fronçant les sourcils.

Pas de doute, la chef de la diplomatie était de retour… et cette constatation le déçut. Ne pouvait-elle pas oublier son boulot pour quelques heures ?

— J'en possède plusieurs.

Elle se mordit les lèvres comme si elle hésitait à parler.

— Vous pensez que c'est une bonne idée ? finit-elle par demander. Nous avons un emploi du temps chargé demain, et les reporters s'attendent sans doute à ce que vous…

— Libre à vous de prendre un taxi pour rentrer à l'hôtel, coupa-t-il.

Qu'est-ce qui lui avait pris de l'amener avec lui ?

Elle secoua la tête, mais l'étincelle brillant dans son regard prouvait qu'elle n'avait pas dit son dernier mot. Elle allait sûrement essayer de le convaincre plus tard.

— Très bien, dans ce cas, vous allez devoir suivre quelques règles.

Il s'était plié à tous ses caprices ou plutôt à toutes ses demandes, elle pouvait au moins en faire autant. C'était sa soirée et, si elle souhaitait l'accompagner, il lui faudrait se montrer conciliante.

— Lesquelles ? demanda-t-elle aussitôt.

Il retint un sourire. Elle était tombée dans le piège…

— Interdiction de parler de notre emploi du temps de demain, de notre itinéraire, de votre travail ou du mien. S'il y a un problème avec des journalistes, je m'en occuperai personnellement, continua-t-il en plongeant son regard dans le sien. Et, si vous êtes fatiguée, vous pouvez prendre un taxi jusqu'à l'hôtel. En attendant, vous n'êtes qu'une femme sans attaches découvrant Rome pour la première fois et en ma compagnie. Vous allez donc devoir faire ce que je vous dis sans discuter. C'est clair ?

— Mais je…

Il était évident qu'elle ne lui faisait pas confiance. Elle le contemplait d'ailleurs comme si elle le soupçonnait de vouloir lui demander de faire quelque chose de prodigieusement scandaleux, ce qui ne faisait qu'accentuer son envie de lui prouver qu'elle avait raison.

Sa réaction n'avait aucun sens mais, dès qu'ils étaient ensemble, il n'avait plus qu'une envie : la défier et la provoquer pour lui faire perdre son sang-froid. C'était à n'y rien comprendre, vraiment.

Il avait été un adolescent rebelle, entretenant de mauvaises fréquentations, couchant avec des femmes qui avaient deux fois son âge, et consommant de l'alcool et de la drogue. Il avait tout essayé, franchi toutes les limites jusqu'à enfreindre quelques lois, ce qui lui avait valu quelques problèmes et la colère de sa mère.

En grandissant, il s'était pourtant assagi et il passait aujourd'hui plus de temps à travailler sérieusement qu'à collectionner les conquêtes. Il ne touchait plus à la drogue ni à l'alcool depuis plus de dix ans, mais Jamilla éveillait en lui l'envie de redevenir ce gamin impulsif prêt à tous les excès.

— Comment puis-je être sûre que vous n'allez pas me demander de faire quelque chose de dangereux ? lui demanda-t-elle en plissant les yeux, d'une voix douce qui le tira de ses pensées.

— Vous ne le pouvez pas, rétorqua-t-il avec un sourire. Vous allez devoir me faire confiance.

C'était injuste de lui demander cela alors qu'il était lui-même incapable de faire confiance à qui que ce soit, et surtout pas à lui-même en cet instant. Pour autant, il ne se sentait pas coupable. C'était Jamilla qui avait insisté pour venir, elle n'avait qu'à en assumer les conséquences.

Elle s'humecta les lèvres, et ce simple geste attisa encore son désir pour elle.

— Pour une fois dans votre vie, vous allez devoir vous détendre et vous laisser faire, continua-t-il d'une voix rauque. Vous pensez en être capable ?

Elle ouvrit la bouche plusieurs fois pour la refermer aussitôt, comprenant sans doute qu'elle n'avait pas le choix. Soit elle lui obéissait, soit elle retournait à l'hôtel, et elle était bien trop dévouée à son travail pour prendre le risque de le laisser seul.

Comme elle plongeait son regard dans le sien, il nota soudain qu'une étrange étincelle s'était allumée dans ses yeux. Elle semblait… excitée !

Il le savait ! Jamilla avait beau prétendre le contraire, une part d'elle-même ne demandait qu'à s'en remettre à lui. Elle aussi rêvait d'oublier son travail et ce maudit protocole pour s'amuser.

Elle acquiesça, et il relança le moteur, appréciant la chaleur et la fermeté de ses seins quand elle se plaqua contre lui.

Un frisson d'excitation le saisit et il sourit. Il avait enfin réussi à amener Jamilla exactement là où il le souhaitait. Le moment était venu de prendre sa revanche.

6.

Jamilla s'efforça de maîtriser son excitation, en vain. Son corps vibrait d'impatience et son cœur battait la chamade alors qu'elle se pressait contre Dane.

Rome était encore plus belle que tout ce qu'elle avait imaginé. Mais la ville aux immeubles baroques, vibrante de vie et d'énergie, étincelant de mille feux dans la nuit, et la beauté intemporelle et immortelle de la fontaine de Trevi l'auraient-elles touchée à ce point en l'absence de Dane ? Difficile à dire.

Difficile également de se concentrer, pressée contre son corps musclé, enveloppée par son parfum viril et sensuel qui l'invitait à oublier toute préoccupation pour passer la nuit avec cet homme sexy, séduisant, charismatique et dangereux.

Cette sortie était loin d'être une bonne idée. Les journalistes ne manqueraient pas de les prendre en chasse s'ils avaient vent de leur présence, et s'ils avaient un accident… Elle ne risquait pas uniquement son travail, ils risquaient leur vie ! Pourtant, elle n'avait même pas songé à contacter son service de sécurité.

Une part d'elle-même – la plus irrationnelle et romantique, celle qu'elle avait sûrement héritée de sa mère et qu'elle s'était toujours efforcée de contrôler jusque-là – la poussait à oublier toute prudence pour profiter de l'instant présent.

Elle savait pourtant mieux que personne combien il était dangereux de laisser ses sentiments dicter sa conduite. Sa mère était tombée éperdument amoureuse de François Xavier

Roussel, et celui-ci l'avait abandonnée sans la moindre hésitation, se moquant de ce qui pourrait lui arriver.

Jamilla s'était promis de ne jamais se retrouver dans une telle situation et de ne jamais laisser un homme avoir autant de pouvoir sur elle. Et surtout pas quelqu'un comme Dane Jones qui semblait aussi dangereux et instable qu'une bombe à retardement.

Pour autant, quel mal y avait-il à s'amuser un peu l'espace d'une seule nuit si elle avait conscience des risques et ne perdait pas la tête ?

Dane ralentit, et Jamilla comprit qu'ils étaient arrivés à destination.

Un imposant bâtiment en pierre donnant sur la rivière se dressait devant eux. Un néon scintillant dans la nuit en indiquait le nom : *Jones Roma*. Le bruit sourd des basses résonnait dans la nuit, remontant vers les arches néoclassiques qui pulsaient aux couleurs de l'arc-en-ciel.

Une foule d'inconnus habillés à la dernière mode attendait à l'extérieur, et le cœur de Jamilla se mit à battre de plus belle.

Inconscient de son trouble, Dane gara la moto et se dirigea vers la file, l'entraînant à sa suite. Jamilla n'eut plus qu'une envie : s'enfuir au plus vite.

La majorité des femmes présentes portaient des robes de soirée et des escarpins aux talons vertigineux. Elles étaient également coiffées et maquillées avec soin. Quant aux hommes, ils semblaient s'être mis d'accord pour arborer des costumes taillés sur mesure et des coiffures parfaites.

— Dane, je ne crois pas qu'ils me laisseront entrer, dit-elle en baissant les yeux sur son jean et ses bottes.

— Vous jetez déjà l'éponge, Jamilla ?

— Pas du tout ! rétorqua-t-elle, furieuse. Ça n'a rien à voir avec ça. Mais regardez-moi, demanda-t-elle en plongeant son regard dans le sien. Je ne suis ni maquillée ni coiffée, et je ne parle même pas du code vestimentaire.

Discrètement, elle lui indiqua la foule qui patientait de l'autre côté de la rue.

— Aucun de nous deux ne porte de tenue appropriée !

À ces mots, Dane éclata de rire.

— Tenue appropriée, répéta-t-il en riant de plus belle. Allons, Jamilla, nous nous rendons dans un club, pas à une réception mondaine. Tout le monde se moque de ce que vous portez et personne ne vous regardera, sauf moi.

Sans lui laisser le temps de réagir, il lui prit la main et la força à le suivre. Ignorant la file, il se dirigea vers l'entrée d'un pas conquérant comme si l'endroit lui appartenait… ce qui était effectivement le cas.

Plusieurs personnes lui lancèrent des invectives en italien. Jamilla ne put s'empêcher de baisser la tête, gênée, mais Dane les ignora pour s'adresser au portier dans un italien qui s'il n'était pas parfait n'en était pas moins étonnamment bon.

Le portier abaissa aussitôt le cordon pour les laisser entrer.

— Vous ne lui avez pas dit qui vous étiez, j'espère ? ne put-elle s'empêcher de demander. S'il prévient la presse, ils vont…

— Jamilla, coupa-t-il, taisez-vous.

Pinçant les lèvres, elle se laissa entraîner à l'intérieur tout en s'efforçant d'ignorer la panique qui montait en elle. Celle-ci disparut pourtant d'un coup, remplacée par de l'émerveillement en découvrant les lieux.

Le couloir s'élargissait pour donner sur une pièce immense semblable à une cathédrale, soutenue par des piliers agrémentés de balcons. Le majestueux plafond s'ouvrait pour dévoiler une nuit étoilée, sans rafraîchir cependant l'atmosphère surchauffée de la piste de danse.

Des groupes d'hommes et de femmes se déhanchaient sur des plates-formes pendant que d'autres se pressaient les uns contre les autres dans des alcôves ou au centre de la salle.

Un homme l'ayant bousculée, Jamilla se retrouva soudain dans les bras de Dane, humant malgré elle l'odeur de son corps agréablement mélangée à celle de son eau de toilette. Elle se redressa aussitôt et chercha à mettre de la distance entre eux.

— Il fait trop chaud, ici, déclara-t-elle dans l'espoir de se calmer et de reprendre le contrôle de ses émotions.

— On peut y remédier facilement, rétorqua Dane en faisant passer son pull au-dessus de sa tête.

Trop abasourdie pour réagir, elle ne fit pas un seul geste comme il le lui nouait autour de la taille.

Un souffle d'air frais lui caressa les bras, et elle se sentit soudain à la fois nue et démunie dans son T-shirt comme si Dane venait de la priver de son armure.

— Ça va mieux ? s'enquit-il avec un sourire en comblant l'espace qui les séparait.

Incapable de répondre, mais refusant de lui donner la satisfaction de la voir paniquer, elle hocha simplement la tête.

La prenant par les poignets, Dane glissa les bras autour de son cou et posa ses mains sur sa taille, l'attirant à lui sans cesser de sourire.

Et, soudain, ce fut comme si le reste du monde avait disparu. Il n'y avait plus que son corps contre le sien comme il bougeait les hanches en rythme, lui enjoignant de l'accompagner par chacun de ses mouvements. La foule n'existait plus, même si une part d'elle-même avait conscience que c'était justement la présence de tous ces inconnus qui lui offrait ce moment d'intimité.

Mal à l'aise, elle posa les lèvres près de son oreille.

— Je ne sais pas danser, avoua-t-elle, gênée.

Dane resserra son étreinte, la faisant frissonner.

— Alors accrochez-vous, ordonna-t-il d'une voix rauque qui manqua la rendre folle.

Une part d'elle-même craignait de se laisser aller et lui criait de fuir, mais elle ne pouvait se résoudre à l'écouter. La musique entêtante et enivrante lui enjoignait de s'abandonner pour goûter à ces délicieuses sensations qu'elle avait découvertes pendant leur trajet à moto.

Incapable de résister plus longtemps, elle se laissa guider par Dane, son corps épousant le rythme du sien, répondant à son appel pour se laisser emporter bien plus loin que la piste de danse.

Si elle avait parfaitement conscience de jouer avec le feu, il était déjà trop tard pour éteindre les flammes qui mordaient sa chair. Au contraire, elle brûlait de les attiser afin que le brasier dévore tout sur son passage.

Il ne s'agissait que d'une seule nuit, une nuit de liberté et d'abandon. Une nuit où elle n'était plus la chef de la diplomatie et où Dane n'était plus un prince. Elle n'était qu'une jeune femme ivre de désir, dansant dans les bras de l'homme le plus sexy du monde.

Ignorant l'instinct qui lui enjoignait la prudence et la poussait à fuir cet endroit et les étranges sensations que Dane éveillait en elle, elle glissa les mains dans ses cheveux, bien décidée à profiter du cadeau qu'il lui offrait.

7.

— Je n'aurais jamais imaginé que danser soit aussi… amusant ! déclara-t-elle en agrippant la balustrade du balcon privé qui donnait sur le Tibre.

En caressant sa peau, l'air frais semblait renforcer cette étrange excitation qui ne voulait pas la quitter.

Combien de temps avaient-ils dansé ? Des heures, sans doute, à en juger par les teintes violettes de l'horizon qui annonçaient le lever du jour.

L'aube naissante aurait dû l'inquiéter. Ils avaient un planning chargé et il ne leur restait que quelques heures pour se reposer, mais elle ne s'était jamais sentie aussi bien ni aussi vivante.

— Vous êtes douée.

Le son de sa voix profonde et virile la fit sursauter comme si un infime courant électrique lui parcourait le corps, lui donnant envie de lever les mains au ciel, de tourner sur elle-même avant de se jeter dans ses bras.

Ce n'était qu'une illusion bien sûr, mais elle n'arrivait pas à se calmer ni à contrôler ce désir brûlant qui avait pris possession de son corps. Pour la première fois de son existence, elle avait l'impression d'être complètement libre et d'être exactement à sa place.

Se tournant vers Dane, elle vit qu'il s'était appuyé au mur pour la regarder. Ses cheveux étaient humides de sueur, mais son visage était caché dans l'ombre.

Le souvenir de son corps pressé contre le sien envahit son

esprit, et une nouvelle vague d'excitation teintée d'euphorie la gagna.

— Vous êtes un bon professeur, rétorqua-t-elle d'une voix rauque qu'elle ne reconnut pas.

Dane éclata d'un rire franc, très différent de celui teinté de cynisme qui l'intriguait tant et qu'il semblait lui avoir réservé jusque-là.

Il s'avança, et son souffle se bloqua dans sa poitrine à la vue de son corps sexy qui se mouvait avec la grâce d'un félin.

— Il est impossible d'apprendre à danser à quelqu'un, déclara-t-il en plongeant son regard dans le sien.

Malgré elle, ses yeux furent attirés par ses lèvres. Elles formaient un dessin sensuel et irrésistible mis en valeur par sa barbe naissante.

— En tout cas, pas de cette façon, continua-t-il.

Son parfum – un d'after-shave à la bergamote et de sueur – l'enveloppait, s'associant aux effluves du jasmin qui décorait la façade pour former un ensemble irrésistible.

— Il suffit de suivre son instinct et de se laisser guider par la musique et par le rythme, poursuivit-il en lui caressant la joue.

Le cœur de Jamilla se mit à battre la chamade. Sa réaction n'avait pourtant aucun sens. Ils avaient passé des heures collés l'un à l'autre dans une danse sensuelle, mais la chaleur de sa paume contre son visage semblait bien plus intime dans la quiétude de l'aube naissante. Il n'y avait plus ni musique ni danseurs autour d'eux. Ils étaient entièrement seuls.

Lentement, il passa le pouce sur ses lèvres qui s'entrouvrirent d'elles-mêmes.

Incapable de détourner les yeux ou de s'écarter, elle eut soudain l'impression de se noyer dans ce regard azur qui la retenait prisonnière comme il glissait son autre main dans ses cheveux.

Il prenait son temps comme s'il voulait lui donner l'occasion de le repousser, mais elle en était incapable. Son instinct lui hurlait pourtant de l'arrêter, mais elle ne pouvait s'y résoudre. Le feu du désir coulait dans ses veines telle de la lave incandescente, et il était trop tard pour revenir en arrière.

— Je n'aurais jamais imaginé qui vous puissiez être aussi spontanée et… sauvage, murmura-t-il presque comme pour lui-même.

Jamilla frissonna et posa les paumes sur son torse, appréciant la fermeté de ses muscles sous son T-shirt avant de pencher la tête pendant que sa bouche si sensuelle et exigeante se posait enfin sur la sienne.

Dane savoura la douceur de ses lèvres avant d'approfondir son baiser pour mieux la goûter. Il avait besoin d'explorer sa bouche de sa langue et d'assouvir la faim qui ne l'avait pas quitté depuis leur première rencontre et avait manqué le rendre fou ces dernières heures.

À chaque mouvement, les seins de Jamilla avaient frôlé son torse lorsque ses hanches s'élançaient à sa rencontre, lui donnant envie de la prendre sur la piste de danse. Quand elle avait levé les bras et penché la tête en arrière, libérant enfin sa chevelure ébène de toute contrainte, il avait failli perdre la tête.

Si elle était tendue et mal à l'aise à leur arrivée, il ne lui avait suffi que de quelques minutes pour s'abandonner à la musique, à la foule… et à lui. La jeune femme sexy et sensuelle qu'il connaissait s'était transformée en une véritable déesse, une enchanteresse, une reine à la fois puissante et vulnérable, capable de capturer l'intérêt de n'importe quel homme.

L'attirant à lui, il savoura son gémissement de plaisir et le frémissement de son corps quand il lui caressa les fesses, et dut retenir un soupir quand elle glissa les mains sous son T-shirt pour toucher son torse.

Ivre de désir, il la plaqua contre le mur, un lourd parfum de jasmin se libérant dans l'air, et son besoin se fit plus impérieux. La soulevant dans ses bras, il fit passer ses jambes autour de sa taille pour presser son membre durci par le désir entre ses cuisses.

Jamilla sembla se tendre un instant avant de se laisser aller au désir, sa tête basculant en arrière comme il accélérait ses mouvements de va-et-vient, les emmenant toujours plus haut et toujours plus loin.

— Oh ! mon Dieu, souffla-t-elle. Je ne peux pas…

— Laisse-toi aller, ordonna-t-il en lui mordillant la nuque sans cesser ses caresses.

Il était sur le point d'exploser, mais il devait se contrôler. Il voulait la voir perdre la tête et se laisser gagner par le plaisir pour s'abandonner enfin à lui. Il ne put retenir un grognement quand elle s'arc-bouta contre lui en un gémissement de plaisir.

La relâchant doucement, il posa son front contre le sien dans l'espoir de reprendre son souffle et de calmer l'incendie qui brûlait toujours en lui.

Il la désirait tant que cela en devenait douloureux. Il n'avait d'ailleurs qu'une envie : lui arracher ses vêtements pour la prendre là contre le mur et se perdre en elle comme il en avait tant rêvé. Mais ce n'était ni l'endroit ni le moment. Il allait devoir se contenter de ces quelques instants volés.

Plongeant son regard dans le sien, il nota l'éclat voilé dans ses yeux ambrés et il ne put retenir un sourire satisfait.

— C'était encore mieux que de te regarder danser, murmura-t-il en lui donnant un baiser sur le front.

Avec un peu de chance, Jamilla verrait l'humour de la situation.

Après tout, ils n'avaient rien fait de mal. Ils avaient tous deux pris du plaisir – enfin, elle plus que lui – en dépit des convenances – ils étaient sur le toit d'une boîte de nuit – mais sans pour autant commettre l'irréparable – ils n'étaient pas allés jusqu'au bout. Vraiment, ils n'avaient rien à se reprocher. C'était une réaction parfaitement normale après avoir passé des heures à danser l'un contre l'autre.

Pourtant, une ombre passa soudain dans les yeux de Jamilla, et elle baissa la tête pour échapper à son regard. Son visage prit une nuance cramoisie qui l'irrita prodigieusement.

— Qu'est-ce qui ne va pas ? demanda-t-il en la prenant par le menton.

Elle se raidit, visiblement mal à l'aise, et glissa une mèche de cheveux derrière son oreille.

— Ça… ça n'aurait jamais dû arriver, déclara-t-elle dans un souffle. Je suis désolée, je n'aurais jamais dû…

— C'est une plaisanterie ? insista-t-il, soudain furieux.

Elle releva la tête, et il réalisa qu'elle était sérieuse.

— Je ne peux que vous présenter mes excuses les plus sincères, déclara-t-elle, les joues écarlates. Mon comportement est impardonnable. J'ai manqué de professionnalisme et je vous prie de m'excuser.

Dane retint un juron. Non seulement sa réaction était complètement ridicule, mais elle était également insultante. Pourquoi s'efforçait-elle autant de mettre de la distance entre eux ? Et pourquoi le vouvoyait-elle ? Ils avaient dépassé ce stade depuis longtemps…

Malgré lui, il eut soudain l'impression de se retrouver dans la peau de cet ado rebelle qui collectionnait les conquêtes sexuelles dans l'espoir de se sentir enfin accepté et aimé. En vain.

— Vous n'êtes pas toute seule, lui rappela-t-il, adoptant lui aussi le vouvoiement.

Il était tellement en colère qu'il avait du mal à réfléchir, mais il ne fallait surtout pas que Jamilla le découvre.

Elle n'était rien pour lui, et il n'était plus ce pauvre gamin prêt à prendre tout ce qui s'offrait à lui en échange d'un peu de tendresse. Il avait grandi et n'avait plus besoin de personne, et surtout pas d'une petite idiote, trop coincée pour accepter le fait qu'elle avait pris son pied entre ses bras.

— Mais je suis la seule à avoir…, commença-t-elle avant de baisser les yeux sur ton entrejambe.

Une nouvelle vague de fureur le gagna. Elle était tellement gênée qu'elle n'arrivait même plus à parler ?

— À avoir joui ? continua-t-il pour elle d'un ton sec.

— Oui, confirma-t-elle en évitant son regard.

— Ne vous inquiétez pas pour moi, dit-il en se forçant à sourire. Je suis un grand garçon, je survivrai. Et vous pouvez vous garder vos excuses parce que j'ai adoré vos petits gémissements. Et je tâcherai de m'en souvenir quand vous me ferez une remarque concernant notre emploi du temps, ajouta-t-il à son oreille.

Jamilla se redressa aussitôt, et il ne put retenir un sourire, sincère cette fois.

Si elle pensait vraiment pouvoir oublier ce qui venait de se passer sous prétexte qu'il s'agissait d'une erreur, elle se fourrait le doigt dans l'œil. Il ne pouvait pas la laisser faire, pas maintenant qu'il l'avait goûtée et sentie s'abandonner sous ses caresses, pas maintenant qu'il savait qu'elle le désirait autant qu'il la désirait. Il n'allait pas l'oublier, et il était hors de question de la laisser faire.

— S'il vous plaît, je…

Dane se pencha légèrement, mais fronça les sourcils en avisant un flash de lumière de l'autre côté de la rue. Sans perdre une seconde, il la prit dans ses bras et la cacha derrière lui.

— Nom d'un chien ! murmura-t-il en cherchant l'obscurité.

— Que se passe-t-il ?

— Ne bougez pas, ordonna-t-il en continuant ses recherches.

Un autre flash apparut, celui d'un photographe sans doute, et il jura.

— Nous devrions rentrer.

— Qu'avez-vous vu ?

— Rien.

Jamilla était déjà assez anxieuse comme ça, inutile de l'inquiéter davantage.

8.

Jamilla ouvrit les yeux, le corps en feu, brûlant de désir contenu.

Les souvenirs de la nuit passée lui revinrent aussitôt en mémoire : les longues heures de danse, pressée contre le corps de Dane, l'explosion entre ses bras entourée par le parfum du jasmin, et une nouvelle vague de désir la submergea, lui arrachant un soupir.

Furieuse contre elle-même, elle se redressa d'un bond et se passa la main dans les cheveux.

Qu'avait-elle fait ? Elle l'avait laissé l'embrasser et la toucher comme s'ils étaient amants ! Comment avait-elle pu être aussi stupide ?

Dane était un homme incroyablement séduisant et sexy, mais elle n'aurait jamais dû se prêter à ce petit jeu. Si elle l'avait suivi, c'était uniquement parce qu'elle s'inquiétait pour lui et parce qu'elle était responsable de lui. Mais à présent…

Retenant un gémissement, elle se frotta le front. Inutile de le nier, elle ne s'était jamais sentie aussi libre et vivante que la nuit dernière entre ses bras quand il lui avait fait connaître des sensations dont elle ignorait l'existence. Son comportement restait cependant impardonnable, à croire que Dane lui avait jeté un sort pour lui faire perdre toute prudence.

Ce n'était qu'un mensonge, bien sûr, une tentative pitoyable pour tenter d'expliquer pourquoi elle avait dépassé une limite qu'elle n'aurait jamais dû franchir.

Malgré elle, elle songea à la façon dont ils avaient quitté

le club sans échanger un seul mot. Le trajet qui les avait menés devant la fontaine de Trevi et dans les petites ruelles de Rome, à l'aube, aurait dû être au moins aussi enchanteur que la soirée, mais il avait été tout le contraire.

Pressée contre lui, elle n'avait pas pu s'empêcher de revoir son visage après leur baiser.

Il avait eu l'air furieux qu'elle se montre aussi gênée et surtout qu'elle semble regretter ce qui s'était passé entre eux. Il ne comprenait pas que sa réaction était parfaitement naturelle compte tenu de son éducation. Elle avait été élevée dans le respect de règles strictes qu'elle suivait encore aujourd'hui. Son mépris des convenances et sa recherche constante du plaisir le rendaient d'autant plus séduisant, fascinant… et dangereux.

Son portable vibra, la faisant sursauter, et elle se pencha sur sa table de nuit. Fronçant les sourcils, Jamilla nota qu'il s'agissait d'Orla, mais surtout qu'elle avait raté une foule de notifications venant des différents journalistes présents lors de la conférence de presse.

Prenant son smartphone, elle hésita avant de décrocher.

En plus d'être sa patronne, Orla était également son amie. Elle l'avait toujours admirée et respectée. À présent, elle allait devoir lui avouer qu'elle avait non seulement échoué dans sa mission, mais qu'elle avait également trahi le royaume et leur amitié.

Sa gorge se serra, et elle s'efforça de se calmer avant de décrocher.

— Tu vas bien, Jamilla ? s'enquit Orla avant qu'elle ait pu dire quoi que ce soit.

Elle semblait complètement paniquée, et la culpabilité de Jamilla grandit.

— Je suis désolée, je n'ai pas entendu mon réveil.

Orla rit doucement.

— Je suppose que c'est normal compte tenu des circonstances.

— Tu le penses ? demanda Jamilla, perplexe.

— Oui. Écoute, Jamilla, je voulais simplement m'assurer que tu allais bien et te prévenir que Dane a contacté Karim ce matin. Karim et moi avons eu une longue conversation téléphonique avec Jed et Alicia, ajouta-t-elle.

Jed Allingham était leur attaché de presse. Quant à Alicia Van Dusen, elle travaillait comme consultante spécialisée dans la gestion de presse.

— Nous avons réfléchi à la meilleure façon de réagir avant que la nouvelle ne soit connue.

La nouvelle ? Mais de quoi parlait Orla ?

Jamilla ouvrit la bouche, mais Orla ne lui laissa pas le temps de parler.

— Nous sommes tombés d'accord sur un point : il vaut mieux annuler le reste de la mission en Italie. Jed croit que la presse se montrera trop insistante et pense que Dane et toi devriez partir pour Kildare aujourd'hui. Vous aurez le temps de vous détendre, et nous pourrons discuter de la meilleure stratégie à adopter pour la suite. Cette mission est importante, mais pas autant que vous deux.

Jamilla était complètement perdue. Que se passait-il ? Et pourquoi Dane avait-il contacté le roi ? Lui avait-il dit ce qui s'était passé ? Non, c'était impossible…

— Je voulais simplement m'assurer que tu allais bien, poursuivit Orla d'un ton inquiet.

Le cœur de Jamilla battit douloureusement dans sa poitrine. Elle ne méritait pas qu'Orla se montre aussi prévenante et attentionnée. Elle voulut la remercier, mais s'interrompit avant même de commencer.

Pourquoi Dane avait-il tenu à appeler Karim ? S'était-il vanté de ce qu'il avait fait ? Non, c'était peu probable à moins… À moins que cette soirée n'ait été qu'un piège pour la décrédibiliser ? Cette idée lui donna la nausée.

Dane était visiblement en colère contre elle, ou plutôt il avait été furieux de sa réaction après qu'ils eurent…

Il ne lui avait pas expliqué pourquoi et elle n'avait pas osé lui poser la question, mais elle ne l'aurait jamais soupçonné d'être le genre d'homme à se vanter de ses conquêtes ou à délibérément chercher à détruire sa réputation.

Cela dit, elle ne le connaissait pas et ne savait pratiquement rien de lui. Se pouvait-il qu'elle se soit trompée à son sujet ?

— La jeune femme sur ce balcon semble tellement différente de celle que je connais, reprit Orla, la tirant de ses pensées. Je veux juste que tu saches que ce n'est pas grave. Je ne te juge pas, Jamilla.

— Dane a tout dit à Karim ? demanda-t-elle spontanément. Il lui a tout raconté ?

Il lui avait expliqué comment elle s'était abandonnée à lui, l'embrassant comme si sa vie en dépendait ? Quelle humiliation !

— Oh ! Jamilla, je suis désolée, répondit Orla d'une voix empreinte de compassion. Tu n'as pas encore vu les articles de presse. Dane ne nous a donné aucun détail. Il a simplement envoyé un texto disant qu'on vous avait pris en photo la nuit dernière. Karim n'a pas réussi à le joindre depuis. Nous avons essayé de faire disparaître les clichés, mais ils sont déjà dans la presse et sur Internet.

Une vague de nausée, plus puissante que la précédente, monta en elle, et elle mit une main sur sa bouche.

— Des photos ? Il y a des photos ? Mais de quoi ?

Malgré cette perspective horrifiante, une part d'elle-même se réjouit que Dane ne l'ait pas trahie et qu'il ait au contraire tenté de la protéger.

— De toi et Dane sur le balcon de son club à Rome, en train de vous embrasser passionnément, précisa Orla.

— Il y a des photos de nous en train de nous embrasser ? répéta Jamilla d'une voix blanche. Et elles sont dans tous les médias ?

Dane avait certes tenté de la protéger, mais le mal était fait. Le monde entier avait la preuve de son comportement amoral, de son manque de jugement et de l'erreur qu'elle avait commise.

— Je crains bien que oui. Je suis désolée, Jamilla. Je sais combien tu tiens à ta vie privée, affirma Orla avec un soupir. Les journalistes n'avaient pas le droit de vous mettre dans une position pareille, pas plus que Karim et moi. C'est uniquement à cause de Zafar que vous en êtes là aujourd'hui.

Orla semblait sincère, mais sa réaction n'avait aucun sens. Pourquoi Orla et Karim se sentaient-ils responsables de ce fiasco ? C'était elle qui avait commis une erreur et c'était à elle d'en payer le prix.

— Je vais démissionner, annonça-t-elle en s'efforçant d'ignorer la vague de panique qui déferlait en elle.

— Démissionner ! s'exclama Orla, surprise. Ne sois pas ridicule, Jamilla, pourquoi devrais-tu démissionner ? Ce n'est pas ta faute si cette sale petite fouine a grimpé dans un arbre pour prendre des photos de vous et les vendre au plus offrant, déclara-t-elle sans lui laisser le temps de répondre.

— C'est vrai, concéda-t-elle, mais j'ai…

J'ai embrassé Dane. Je suis responsable. Je serais morte si je ne l'avais pas fait, du moins c'est ce que j'ai cru ce soir-là.

— Mais rien du tout, l'interrompit Orla. Je refuse que tu te sentes coupable. Ce type n'avait pas le droit de… Ces tabloïds sont vraiment des…

— Je l'ai embrassé, coupa Jamilla d'une voix tremblante. Je me suis déshonorée et j'ai couvert de honte le royaume de Zafar. Je me suis jetée sur lui. Je me suis comportée comme une…

Elle s'arrêta, incapable de prononcer le mot.

— Ce n'était qu'un baiser, Jamilla, dit Orla d'une voix apaisante qui lui donna envie de pleurer.

— C'était plus que ça, avoua-t-elle en se frottant les yeux.

Orla rit doucement.

— Je m'en doutais, mais enfin, Milla, continua-t-elle en l'appelant par le surnom dont elle se servait quand elles étaient seules, tu n'étais pas en service. Tu as le droit d'avoir une vie privée. Sans compter que tu n'étais pas toute seule. Dane t'a embrassée, je suis même prête à parier que c'est lui qui a commencé. Je suis certaine qu'il a plus d'expérience que toi, ce qui n'a rien d'étonnant, il est canon !

Malgré elle, Jamilla faillit sourire en entendant Orla parler de la sorte. Cependant, sa honte et la culpabilité reprirent rapidement le dessus, et ses larmes recommencèrent à couler.

— Je sais que je ne devrais pas dire ce genre de choses, avoua Orla. J'apprécierais d'ailleurs que tu n'en parles pas à Karim. Il ne supporte pas d'entendre que son frère est sexy même si c'est la vérité.

Jamilla renifla bruyamment. Orla cherchait à la réconforter, mais elle n'en demeurait pas moins coupable d'avoir causé un scandale.

— J'ai tout gâché, souffla-t-elle. Il va falloir annuler la mission par ma faute. Vous n'auriez jamais dû me faire confiance. Je suis incapable d'accomplir mon travail ou de faire les bons choix. J'ai tout gâché, répéta-t-elle, désespérée.

— Tu te trompes, contra Orla. Nous n'avons pas l'intention d'annuler toute la mission. Nous pensons simplement qu'il vaut mieux que vous quittiez rapidement l'Italie pour que les choses se calment. Je sais que tu es très exigeante envers toi-même, Jamilla, déclara-t-elle de la voix qu'elle prenait quand son fils faisait des caprices, mais tu es humaine. Et personne n'aurait su ce qui s'était passé s'il n'y avait pas eu cette saleté de paparazzi.

— Je l'aurais su, tout comme Dane…

— Et ça aurait dû rester entre vous, même si je crois que nous devrions avoir une petite conversation entre filles quand tu arriveras, annonça-t-elle d'un ton plus léger. Je tiens à ce que tu saches que tu as toute ma confiance et celle de Karim en ce qui concerne ton travail et la mission que nous t'avons confiée. La seule question qui demeure est de savoir si tu es prête à continuer à travailler en étroite collaboration avec

Dane. Votre relation a changé et, à cause de ce salaud de photographe, la presse ne manquera pas de vous surveiller et de vous poser des questions personnelles. Nous comprendrions parfaitement que tu souhaites être réassignée ailleurs. Je ne connais pas bien Dane, avoua Orla avec un soupir, mais Karim m'a confié qu'il avait toujours eu un certain effet sur les femmes. Karim lui fait confiance et m'a affirmé qu'il ne chercherait jamais à profiter de qui que ce soit, mais… ils sont frères. Il n'est peut-être pas aussi impartial qu'il le pense. Je ne veux pas que Dane profite de toi, et je ne veux pas non plus que tu te sentes forcée de faire quoi que ce soit.

Malgré elle, le souvenir des baisers brûlants qu'ils avaient échangés ainsi de l'orgasme dévastateur qu'il lui avait donné s'imposa à son esprit, et elle se mordit les lèvres.

Si elle se sentait aussi coupable, c'était justement parce que Dane n'avait pas profité d'elle. C'était plutôt l'inverse…

Il n'avait pas eu l'intention de l'emmener quand il avait quitté l'hôtel. C'est elle qui avait insisté parce qu'il était sous sa responsabilité et qu'elle craignait qu'il ne disparaisse dans la nuit, mais ce n'étaient que des excuses. Elle avait réussi à se persuader qu'elle ne faisait que son travail, et c'était un mensonge. Ses motivations étaient loin d'être aussi pures.

Si Dane l'avait défiée de sortir de sa zone de confort, il ne lui avait pas fallu beaucoup d'arguments pour la convaincre. En vérité, une part d'elle-même rêvait depuis toujours d'abandonner toute prudence et de se libérer du carcan strict dans lequel elle avait grandi. Et c'est un sourire aux lèvres et le cœur léger qu'elle s'était laissé emporter par l'euphorie du moment.

Son désir inavoué de liberté n'était pourtant pas le seul responsable. Sa conversation avec Dane à l'oasis et dans l'avion lui avait fait réaliser combien il était difficile pour lui d'assumer le rôle qui lui avait été confié. Sa détermination à se montrer à la hauteur de ses responsabilités l'avait ravie et impressionnée à la fois. Elle s'était également reconnue dans son combat.

François Xavier Roussel n'avait sans doute jamais été aussi cruel que le roi Abdullah, mais il avait abandonné sa mère ainsi que sa fille sans un regard en arrière. Pourtant, malgré son indifférence, une part d'elle souhaitait toujours obtenir l'approbation de ce père absent. C'était à cause de lui qu'elle avait appris à contrôler ses émotions et à refréner ses désirs jusqu'à manquer exploser à la moindre tentation. Et Dane avait été la goutte d'eau qui avait fait déborder le vase.

— Il ne m'a pas forcée à faire quoi que ce soit, déclara-t-elle d'une voix tremblante.

Elle avait fait son choix, une décision qui s'était avérée être une erreur monumentale, mais Dane n'y était pour rien.

— Tant mieux, soupira Orla, enfin rassurée.

Sa réaction la toucha profondément. Orla était décidément une excellente amie.

— Et qu'en est-il du reste ? Es-tu prête à continuer la mission en sa compagnie en tant que responsable du service diplomatique ? D'après Karim, Dane lui a bien fait comprendre qu'il ne voyait aucun inconvénient à travailler avec toi, ce qui prouve que tu as fait de l'excellent travail. Tu as réussi à le mettre à l'aise.

Elle s'interrompit un instant avant de reprendre d'une voix amusée :

— Je parlais d'un point de vue strictement professionnel, bien entendu. Mais, si tu préfères retourner à Zafar, nous ferons appel à quelqu'un d'autre. Le choix t'appartient, Milla.

L'offre d'Orla était parfaitement sensée. Dane était dangereux, et passer du temps en sa compagnie l'était tout autant. Ils ne se connaissent que depuis quelques jours et elle ne savait pratiquement rien de lui, mais il avait déjà pris trop de place dans son existence.

Pour autant, elle ne pouvait se résoudre à fuir. Elle était bouleversée par ce qui s'était passé et par sa réaction, mais il fallait impérativement qu'elle trouve le moyen de dépasser tout cela.

Les événements de la veille ne relevaient pas uniquement de sa fascination pour Dane. Non, c'était également la preuve que la petite fille qui n'avait jamais compris pourquoi son père avait préféré s'installer en France avec les enfants qu'il avait eus avec sa maîtresse au lieu de rester aux côtés de son épouse était toujours bien présente au plus profond d'elle.

Dane lui avait accordé l'attention dont elle avait besoin, et elle avait été incapable de lui résister. C'était aussi simple que cela.

— Je ne souhaite pas être remplacée, annonça-t-elle d'une voix un peu plus forte. Je veux poursuivre la mission comme convenu.

Elle ne pouvait pas abandonner. C'était son travail, et c'était à elle de le terminer pour se prouver qu'elle en était capable.

— Merveilleux, j'espérais que tu dirais ça ! s'exclama son amie, satisfaite.

Orla lui donna encore quelques conseils avant de raccrocher, et Jamilla resta plusieurs minutes à contempler son portable.

L'image de Dane s'imposa soudain à son esprit, et son estomac se serra de nouveau. Elle allait devoir travailler à ses côtés tout en gardant le contrôle de ses émotions et de son corps.

Son portable vibra de nouveau, mais cette fois il s'agissait d'Enzo lui annonçant qu'une foule de journalistes faisait le pied de grue devant l'hôtel.

Étouffant un soupir, Jamilla le remercia et raccrocha avant d'éteindre son téléphone. Elle avait besoin de prendre une douche pour chasser les souvenirs de la veille et se détendre avant de retourner au travail.

Le jet d'eau glacée ne parvint pourtant ni à calmer ses ardeurs ni à combattre la panique qui montait en elle à l'idée de revoir Dane.

9.

— Où étais-tu passé, Dane ? hurla Karim dans l'espoir de se faire entendre malgré le bruit de l'hélicoptère.

Dane descendit de l'appareil sans un mot, se contentant d'observer son frère avec attention. Dans son jean usé et son T-shirt, ce dernier n'avait plus rien du souverain de Zafar et semblait, au contraire, parfaitement à sa place au beau milieu d'un champ.

Le petit garçon que son frère tenait dans ses bras lui adressa un grand sourire qui tranchait violemment avec l'accueil que lui avait réservé Karim.

— Nous t'attendons depuis quatre jours, ajouta Karim comme le moteur de l'appareil que Dane avait copiloté depuis le toit de son club de Londres ralentissait enfin.

— Je suis aussi content de te voir, rétorqua-t-il en se forçant à afficher le sourire décontracté qu'il arborait depuis quatre jours, depuis cette fameuse nuit à Rome avec Jamilla.

Malgré la meilleure volonté du monde, il avait été incapable d'oublier leurs baisers et la douceur de ses lèvres sous les siennes.

Il avait contacté Karim dès son retour à l'hôtel avant de s'écrouler, ivre de fatigue. À son réveil, il avait découvert les gros titres qui l'avaient mis dans une colère noire.

Le scandale était insupportable, c'était une évidence, mais il était bien moins problématique que l'alchimie qui les unissait ou que l'émotion qui l'avait saisi quand Jamilla, assaillie par la honte, l'avait repoussé.

Lorsqu'il s'était présenté à sa suite, la jeune assistante qui lui avait ouvert la porte lui avait précisé que la jeune femme était déjà partie pour Kildare. Elle s'était arrangée pour qu'ils voyagent séparément afin d'éviter d'attirer l'attention de la presse et surtout qu'un autre cliché d'eux ne vienne encore alimenter les rumeurs.

C'était une explication parfaitement plausible, logique même, mais il n'y avait pas cru une seconde.

Jamilla s'était défilée. Elle n'avait pas eu le courage de le revoir après ce qui s'était passé. Elle était terrifiée par le baiser qu'ils avaient échangé ainsi que par sa propre réaction. Ce n'étaient pas les journalistes qu'elle fuyait, c'était lui. Elle espérait sans doute qu'un peu de temps lui suffirait pour reprendre le contrôle de ses émotions ou que la présence rassurante de Karim et d'Orla l'empêcherait de lui parler de ce fameux soir et le forcerait à prétendre que tout cela appartenait au passé.

Malgré sa colère et son irritation, il s'était efforcé de respecter sa décision. Au lieu de prendre le jet royal qui l'attendait à l'aéroport, il avait fait son sac, coupé son portable et enfourché sa moto, traversant Florence, Gênes, Milan ainsi que les Alpes dans l'espoir de s'éclaircir la tête.

Arrivé à Londres, il avait décidé de rallumer son téléphone et d'emprunter l'hélicoptère de son entreprise pour se rendre dans le comté de Kildare.

Une tonne de messages l'attendait, certains venant de Karim, d'autres de l'attaché de presse et d'autres encore de son assistant personnel. Il avait sans doute été chargé de retrouver sa trace par les employés de Karim.

La seule personne qui n'avait pas tenté de le joindre était la jeune femme qu'il avait abandonnée, les joues rouges et la tête baissée après leur escapade romaine.

Ignorant son frère, il se passa la main dans les cheveux et adressa un sourire à son neveu.

— Salut, mon grand, dit-il lui chatouillant le ventre.

— Oncle Dane ! s'écria le petit garçon en tendant les bras vers lui.

Ignorant l'étrange émotion qui le saisissait alors qu'il découvrait que son neveu ne l'avait pas oublié, il le souleva dans ses bras. Le garçonnet lui posa immédiatement mille questions avant de lui raconter des détails anecdotiques de son quotidien. La conversation n'avait pratiquement aucun sens, mais c'était une distraction bienvenue pour échapper aux questions de son frère.

Une gouvernante apparut bientôt pour emmener Hasan, et Dane le regarda s'éloigner avec tristesse.

Que lui arrivait-il ? Non seulement, il n'avait jamais été proche de sa famille, mais il avait pris la décision de ne pas avoir d'enfant des années plus tôt. De toute évidence, sa nuit avec Jamilla l'avait perturbé plus qu'il ne voulait l'admettre.

— Pourquoi tu n'as pas répondu à mes messages ? demanda Karim dès que Hasan fut suffisamment loin pour ne pas les entendre. Et où étais-tu passé ? Tu me dois une explication, Dane. Je suis ton frère !

À ces mots, Dane serra les mâchoires. Il avait une dette envers Karim. Celui-ci n'avait jamais rechigné à passer du temps avec lui quand ils étaient jeunes et c'était également le seul à s'être inquiété de son sort quand il vivait à Manhattan. Sa mère et son père se moquaient tous les deux de ce qui pouvait lui arriver, mais pas Karim. Pour autant, cela ne lui donnait pas le droit de le traiter ainsi. Il n'était plus un enfant !

— Je n'ai pas répondu à tes messages parce que j'avais coupé mon portable, rétorqua-t-il en s'efforçant de refréner sa colère. Et tu n'as pas à savoir où j'étais. Ça ne te regarde pas.

— Comment as-tu pu te montrer aussi irresponsable ? Et je te signale que ça me regarde. Une partie de la mission diplomatique a été annulée parce que tu as décidé de t'amuser avec notre chef diplomatique.

Dane serra les poings comme une fureur sourde et aveuglante explosait soudain en lui. Il attendait ces mots depuis l'instant où il avait contacté Karim pour le prévenir de la présence du photographe, mais les entendre dans la bouche de son frère n'en restait pas moins insupportable. D'autant qu'une part de lui ne pouvait pas s'empêcher de se sentir coupable au vu de la réaction de Jamilla, de la honte brûlant dans son regard et de ses lèvres gonflées par les baisers.

Il repoussa violemment Karim contre le mur du jardin, et sa main se posa sur sa gorge.

— Espèce de salaud ! grogna-t-il, ivre de rage. Je ne suis plus un gamin qui saute sur tout ce qui bouge.

Ce gamin tellement assoiffé d'affection qu'il s'était convaincu que le sexe pouvait lui donner ce dont il avait besoin…

Chassant ces souvenirs humiliants, il continua :

— Je l'ai embrassée et elle m'a embrassé. Jamilla est une adulte, capable de prendre ses propres décisions. Je ne lui ai pas forcé la main, ajouta-t-il d'une voix grave. Ce n'est pas ma faute si un paparazzi nous a pris en photo et l'a vendue au plus offrant. La mission en France ne commence pas avant demain, je suis là, non ?

— Calme-toi, Dane, le pria Karim, en levant les mains en signe de capitulation. Je suis désolé, je suis allé trop loin.

Dane le libéra, gêné de s'être laissé emporter d'autant que Karim l'observait avec attention, visiblement choqué par sa réaction.

— Je sais que tu ne l'as pas forcée, continua-t-il d'un ton apaisant comme s'il parlait à une bête sauvage.

Dane se passa la main dans les cheveux. Que diable lui arrivait-il ? Il devait impérativement se calmer et reprendre le contrôle de ses émotions.

— Jamilla nous a tout expliqué mais, même si elle ne l'avait pas fait, je sais que tu n'es pas ce genre d'homme, poursuivit-il en posant la main sur son épaule.

Mal à l'aise, Dane acquiesça.

Karim avait toujours cru en lui, même lorsqu'il ne le méritait pas. Son frère lui avait d'ailleurs prêté de l'argent pour ses premiers investissements. Il l'avait remboursé depuis longtemps, mais il se sentait toujours redevable. Il avait d'ailleurs l'impression de l'avoir déçu et de ne pas s'être montré à la hauteur de ses attentes et de la confiance qu'il avait placée en lui.

— J'accepte tes excuses, déclara-t-il d'un ton bourru. J'ai dit que je poursuivais la mission et je vais tenir ma promesse. J'avais besoin de temps pour m'éclaircir les idées, ajouta-t-il en plongeant son regard dans celui de Karim.

— Je comprends.

Dane détourna aussitôt les yeux. Karim l'observait toujours comme s'il cherchait à le percer à jour, et il n'avait aucune envie de répondre à ses éventuelles questions. Ils savaient tous les deux que sa réaction avait été disproportionnée, mais il n'avait pas envie de s'attarder sur le sujet.

Tournant la tête, il concentra son attention sur la majestueuse demeure géorgienne qui semblait étinceler sous le ciel d'Irlande.

Une petite voiture orange était garée contre un mur couvert d'une vigne entretenue avec soin et entourant les fenêtres immaculées qui devaient donner sur les champs alentour et sur les écuries d'où provenaient quelques hennissements.

Une émotion puissante le saisit, et son cœur battit douloureusement dans sa poitrine.

Karim avait restauré la demeure ancestrale des Calhoun en cadeau pour sa femme, juste avant leur mariage cinq ans plus tôt. Ils s'y rendaient régulièrement durant la saison des courses, car Orla s'occupait toujours des étalons, et s'y étaient réfugiés durant sa première grossesse ainsi que pour la seconde.

Dane leur avait rendu visite à de nombreuses reprises, un compromis pour les rassurer et les satisfaire, lui qui s'était promis de ne jamais remettre les pieds à Zafar. Il se sentait bien ici, enfin, c'était le cas jusqu'à aujourd'hui…

Ce n'était plus simplement une magnifique bâtisse, non,

c'était devenu un véritable foyer et il n'y avait pas sa place. Ce genre de considération ne l'avait jamais ennuyé auparavant, mais à présent…

Plissant les yeux, il aperçut deux silhouettes qui traversaient un champ en bavardant. Il s'agissait sans aucun doute d'Orla, reconnaissable à sa démarche lente et à son ventre arrondi. Quant à l'autre femme dont la chevelure retombait en cascade sur ses épaules, même à cette distance, il la reconnut instantanément.

Quelque chose au plus profond de lui sembla murmurer son prénom, et son corps se tendit, brûlant de désir comme si de la lave en fusion coulait dans ses veines. C'était insupportable et exquis à la fois, c'était… incroyable et sans commune mesure avec tout ce qu'il avait connu auparavant.

Sa virée de quatre jours l'avait emmené sur les routes d'Italie et de France, lui donnant ce sentiment de liberté qui lui avait tant manqué, mais elle n'avait rien changé à ses sentiments. Il la désirait toujours. C'était même pire que ça. Il la désirait davantage qu'avant son départ.

Comme si elle avait senti sa présence, Jamilla se redressa et s'arrêta brutalement. Ses mouvements à la fois graciles et détendus se firent plus raides, et une autre émotion le saisit. Elle ressemblait à une biche faisant face à un prédateur, et prête à bondir pour sauver sa peau.

Jamilla ne fit pourtant pas un geste, se contentant d'attendre qu'il les rejoigne, les bras croisés comme si elle cherchait à se réchauffer ou à se donner du courage.

De toute évidence, elle avait compris qu'il ne la laisserait pas s'en tirer à si bon compte cette fois. Il était temps que cette femme envoûtante, fascinante et qui le captivait comme aucune autre avant elle, se décide à l'affronter.

— Dane s'est enfin décidé à nous rejoindre, nota Orla, mais Jamilla l'entendit à peine.

Une véritable tempête s'était déclarée en elle à la vue de

Dane, de ses cheveux couleur bronze et de sa peau hâlée par le soleil. Son torse musclé était bien visible sous son T-shirt blanc, et l'expression de son visage indiquait qu'il était là pour en découdre. Son répit avait pris fin.

Ces quatre derniers jours, Jamilla s'était efforcée de se préparer à cette confrontation, envisageant tous les scénarios et préparant ce qu'elle allait dire : ils devaient oublier ce qui s'était passé et se remettre au travail. Elle se montrerait claire et concise pour qu'il comprenne qu'elle ne pouvait pas se permettre de commettre une telle erreur une seconde fois. Et, bien entendu, elle avait besoin de son aide pour que le reste de la mission se déroule sans accrocs.

Tout lui avait semblé facile et évident en répétant son monologue dans sa chambre ou en débinant des platitudes sur la beauté de la ville éternelle aux journalistes qui avaient réussi à la rattraper à l'aéroport, mais il en était autrement à présent.

La tâche qui l'attendait lui sembla soudain insurmontable alors qu'elle avait passé des heures à réorganiser leur emploi du temps pour se donner de l'espace tout en respectant leurs engagements.

— On dirait qu'il a des choses à dire, fit remarquer Orla. Tu veux que je reste ?

— Non, répondit-elle en s'efforçant de ne pas trahir son anxiété.

Elle s'était conduite comme une lâche en quittant Rome avant lui et surtout sans le prévenir. Et, à voir l'expression de son visage, Dane avait compris que son excuse de ne pas vouloir être vue en sa compagnie n'était qu'un prétexte. Elle avait commis une erreur, une de plus, en mettant sa tête dans le sable, en espérant que la tempête passe au lieu de l'affronter directement. La mission diplomatique était sa priorité, leur priorité. Le reste n'avait aucune importance. Elle ne devait pas l'oublier, Karim et Orla comptaient sur elle.

Comme il les rejoignait, Dane salua sa belle-sœur de la tête sans quitter Jamilla des yeux.

— Orla, dit-il en leur adressant un sourire, tu es… énorme.

Orla éclata de rire dans l'espoir sans doute de détendre l'atmosphère.

— Merci. Grâce à toi, j'ai vraiment l'impression de ressembler à un éléphant.

Se penchant pour l'embrasser sur la joue, il rétorqua :

— Si ça peut te consoler, tu fais un magnifique éléphant.

— Espèce de salaud, dit-elle en lui donnant une tape sur le bras.

Son regard froid se posa de nouveau sur Jamilla, qui faillit frissonner.

— Et si tu nous laissais seuls ? Jamilla et moi avons beaucoup de choses à nous dire.

Jamilla ne put s'empêcher de rougir. Le sous-entendu était on ne peut plus clair.

Elle avait parlé à Orla du baiser et de la façon dont elle avait dansé avec lui avant de se jeter dans ses bras. Elle s'était excusée encore et encore, lui avouant combien elle avait honte de son comportement, mais Orla s'était contentée de lui expliquer qu'elle avait le droit de faire ce qu'elle voulait avec Dane avant de lui rappeler qu'elle n'avait pas à être gênée ni à se sentir coupable, et que Karim et elle ne la jugeraient pas, quelle que soit sa décision.

Prenant des airs de conspiratrice, Orla lui avait même confié certains faits qui avaient bouleversé sa vision du couple que sa meilleure amie et patronne formait avec le souverain de Zafar. Elle n'avait pas manqué d'écarquiller les yeux en découvrant qu'Orla avait pratiquement été vendue en mariage à Karim avant qu'ils ne tombent amoureux.

Ces confidences aussi étonnantes fussent-elles ne l'avaient pas rassurée pour autant. Orla n'avait jamais eu à travailler aux côtés de son futur époux, et il était évident qu'ils étaient faits l'un pour l'autre contrairement à Dane et elle.

Si son soutien sans faille l'avait profondément touchée, elle avait été incapable d'avouer à son amie qu'elle n'était pas aussi expérimentée que celle-ci semblait le croire et que c'était la première fois de sa vie qu'un homme lui donnait du plaisir. C'était bien trop humiliant d'autant que, malgré la distance et ses efforts, elle avait été incapable d'oublier les exquises sensations qu'il avait fait naître en elle.

Elles l'avaient torturée sans répit depuis des jours, et voilà que le responsable se tenait devant elle et exigeait qu'ils aient une conversation sur-le-champ ! Il aurait pu se montrer plus discret ou au moins attendre qu'ils soient seuls !

— Je vous laisse, annonça Orla, la tirant brutalement de ses pensées, si ça te va, Jamilla ?

Sa sollicitude l'émut, et elle faillit lui demander de rester à ses côtés. La conversation n'allait sans doute pas être agréable, et la proximité de Dane lui faisait perdre ses moyens. Ils n'avaient pas encore abordé le sujet, et elle avait déjà du mal à réfléchir tant elle le désirait.

Mortifiée par la tournure que prenaient ses pensées, elle se mordit les lèvres.

Reprends-toi ! s'ordonna-t-elle. Ce n'était pas le moment de flancher. Elle avait commis une erreur, à elle de la réparer. Elle n'avait d'ailleurs rien à craindre. Non, elle était plus forte que ça !

— Ça ira, Orla, dit-elle d'une voix posée.

Celle-ci adressa un long regard à Dane avant de hocher la tête.

— Dans ce cas, je vais aller m'occuper de Hasan. Il a sans doute presque terminé son repas et il est l'heure de le mettre au lit. On se retrouve pour le dîner à 20 heures ?

— Très bien, merci, rétorqua Dane sans tourner la tête.

Orla s'éloigna, et ils se retrouvèrent seuls.

Jamilla attendit, le cœur battant, que Dane parle, mais il se contenta de le regarder, la lueur de colère qui s'était allumée dans son regard depuis leur conversation sur le balcon, toujours bien présente dans ses yeux.

Inspirant profondément, elle s'efforça de se rappeler le discours qu'elle avait préparé : ses excuses pour s'être conduite de cette façon et sa décision de tirer un trait sur le passé, en vain.

— Où étiez-vous ? demanda-t-elle soudain avant de pouvoir s'en empêcher. Le bal de Paris a lieu dans six jours. Nous partons demain, et je n'ai pas encore eu l'occasion de vous briefer sur notre stratégie pour contenir la presse et sur les changements apportés à notre emploi du temps.

Plissant les yeux, Dane pencha la tête, et Jamilla se raidit. Il semblait sur le point d'exploser !

— Où étiez-vous le lendemain ? répliqua-t-il d'une voix profonde qui résonna jusqu'au plus profond de son être, la faisant frissonner de plaisir.

— Il fallait que je parte pour Kildare, expliqua-t-elle en s'efforçant d'ignorer ces étranges sensations et vous… vous aviez disparu pour une autre de vos petites escapades. Vous l'avez oublié ?

— Une escapade ? répéta-t-il en riant. C'est un terme un peu simpliste, vous ne trouvez pas ?

— Que voulez-vous dire ?

— C'était plus que ça, c'était complètement fou, dangereux, libérateur, excitant, ajouta-t-il en se penchant légèrement.

Elle comprit qu'il parlait des instants qu'ils avaient partagés. Ces instants qu'elle avait tenté d'oublier, en vain, et dont elle n'avait aucune envie de parler malgré ou justement à cause de cet étrange frisson qui la saisissait dès qu'elle pensait à lui.

— Sans compter que j'en suis revenu plus frustré qu'avant, ajouta-t-il, impitoyable. Vous m'avez planté là avant de vous enfuir comme une voleuse.

Jamilla rougit violemment.

— Je me suis… je me suis déjà excusée pour ça, déclara-t-elle, mortifiée.

— Et je vous ai dit que je ne voulais pas de vos excuses, rétorqua-t-il avec une colère renouvelée.

— Que voulez-vous alors ? lança-t-elle, excédée, avant de réaliser son erreur.

Dane lui caressa la joue, et son souffle se bloqua dans sa poitrine. Sans même s'en rendre compte, elle pencha légèrement la tête pour mieux s'offrir à sa caresse.

Se maudissant pour sa faiblesse, elle s'écarta violemment, mais il était trop tard. Le mal était fait.

— Ce que je veux ? s'enquit-il en glissant la main dans sa poche, c'est une excellente question. Je veux que vous arrêtiez de mentir et de fuir.

— Ce n'est pas moi qui ai disparu pendant quatre jours, lui rappela-t-elle, désespérée.

Dane n'avait aucune intention d'accéder à sa requête. Il avait vu ce qui se cachait derrière le masque qu'elle arborait depuis si longtemps. Il l'avait percée à jour, et il n'y avait aucune chance qu'il accepte que cette jeune femme impulsive, téméraire et en manque d'affection disparaisse. Il fallait se rendre à l'évidence. Leur relation ne reviendrait jamais à la normale. Il était trop tard pour cela.

Soudain furieuse contre lui et contre elle-même, elle pinça les lèvres. Pourquoi ne pouvait-il pas se montrer plus conciliant ou plus compréhensif ? Et, surtout, comment faisait-il pour avoir un tel effet sur elle ? Ils se connaissaient à peine, et il avait le pouvoir de lui faire perdre le contrôle de ses émotions d'un simple regard. C'était tellement injuste !

— C'est exact, commenta-t-il avec une nonchalance qui la vexa.

Elle avait manqué devenir folle quand il lui avait caressé la joue, et il semblait parfaitement maître de lui.

— Vous ne pourriez pas oublier ce qui s'est passé ?

— Non, je ne pourrais pas. J'ai essayé, avoua-t-il. Et vous ?

Cet aveu ne fit qu'augmenter son trouble, et elle releva le menton en signe de défi.

— Bien sûr que je le peux, affirma-t-elle.

C'était un mensonge… et Dane le savait.

10.

— Tant que j'y pense, Jamilla, nous devons te trouver une robe pour le bal de Paris avant ton départ, lui rappela Orla en prenant une bouchée de poulet, l'un des seuls aliments qui ne la rendait pas malade. Nous pourrons la faire reprendre à ton arrivée en France.

Jamilla écarquilla les yeux et adressa un regard à Dane qui l'observait avec une attention accrue… tel un fauve prêt à bondir sur sa proie.

Comment avait-elle pu oublier ? Orla avait en effet accepté de lui prêter une robe, mais la situation était très différente à présent. Il était hors de question de l'accompagner à cette soirée après ce qui s'était passé entre eux.

Elle venait de passer les quatre derniers jours à tenter de reprendre le contrôle de son corps et de ses émotions. Ses efforts risquaient d'être réduits à néant si elle se rendait à ce gala. Sans compter que les journalistes n'allaient pas les lâcher d'une semelle s'ils avaient vent de leur présence à tous les deux.

— Ce ne sera pas nécessaire, déclara-t-elle, les yeux rivés sur son steak.

Elle n'avait pratiquement pas d'appétit depuis son arrivée, mais elle s'était forcée à venir dîner. Dane aurait sans doute perçu son absence comme un aveu de faiblesse, la preuve qu'elle craignait de l'affronter… ou d'être incapable de lui résister. À présent, elle aurait tout donné pour être à l'abri dans sa chambre.

— Tu en es sûre ? s'enquit Orla, ignorante de son trouble. Je pense que c'est une bonne idée que tu aies un rôle plus actif et surtout plus visible. Tu as passé ces derniers mois à organiser cette mission. Tu en sais probablement plus que n'importe qui sur les enjeux économiques de ces accords et tu serais un atout de taille dans les discussions avec les ministres et les hauts dignitaires.

— J'ai tout expliqué à Dane, murmura-t-elle en lui lançant un regard évocateur. Je suis certaine qu'il fera du bon travail et qu'il se montrera à la hauteur de la tâche.

Rien n'était moins sûr. Dane avait disparu pendant quatre jours et ne lui avait adressé la parole que pour lui parler de cette fameuse nuit. Ils n'avaient pas abordé la mission diplomatique une seule fois, mais elle s'en moquait.

Pour l'instant, le plus important était de le garder à distance. Il lui était impossible de l'accompagner à ce bal. La perspective de se retrouver à ses côtés sous le regard des photographes en quête d'un scoop et le corps brûlant de désir lui était insoutenable.

— J'apprécie votre confiance en moi, Jamilla, intervint Dane en plongeant ses yeux dans les siens, mais je suis convaincu que vous êtes bien plus douée que moi pour rallier tout ce beau monde à notre cause.

Jamilla rougit aussitôt, ce qui n'avait aucun sens. Certes, Dane était incroyablement séduisant dans son jean sombre et son pull en cachemire qui mettait son torse musclé en valeur, mais elle n'avait jamais été le genre de femme à perdre aussi rapidement ses moyens. Que lui arrivait-il ?

— Mais si vous avez trop peur pour m'accompagner comme nous l'avons convenu…, poursuivit-il d'une voix lente.

Jamilla reposa bruyamment ses couverts. Le reste du monde avait disparu. Il n'y avait plus que cet homme insupportable qui la contemplait d'un air moqueur comme pour mieux la traiter de froussarde.

— Je n'ai pas peur de vous, affirma-t-elle en relevant la tête.

— Bien sûr que si, vous êtes terrifiée de reconnaître que vous me désirez toujours.

Jamilla lui lança un regard horrifié. Comment osait-il dire une chose pareille devant Orla et Karim ?

Elle ne s'était jamais sentie aussi humiliée ni aussi en colère de toute sa vie. Pour qui se prenait-il ? Et pourquoi lui faisait-il toujours autant d'effet ? Elle n'avait qu'une envie : lui sauter dessus pour…

— C'est faux, rétorqua-t-elle néanmoins. Je ne vous désire plus.

— Bien sûr que si, sans quoi vous n'auriez pas perdu tous vos moyens à l'instant où je vous ai touchée il y a une heure.

Karim se racla bruyamment la gorge, adressant un regard menaçant à son frère et la ramenant brutalement à la réalité.

Rougissant de plus belle, elle déclara :

— Je suis navrée, Votre Majesté. J'ai oublié toutes mes manières.

Comment avait-elle pu être aussi stupide ? Elle se disputait avec Dane comme une adolescente rebelle devant le couple royal. Ça ne lui ressemblait pourtant pas.

Quant à Dane… il n'avait pas l'air gêné ni même confus. Il semblait au contraire encore plus content de lui. N'avait-il donc aucun sens commun ?

— Il est inutile de m'appeler par mon titre, Jamilla, lui assura Karim. Et vous n'avez pas à vous excuser. Mon frère fait cet effet-là à tout le monde.

— Merci, dit Dane sans paraître offensé.

Il le contemplait toujours, les lèvres relevées en un sourire sardonique indiquant qu'il ne la croyait pas.

— Il y a une chose que je ne vous ai pas dite, annonça-t-il soudain. Jamilla et moi avions un accord, un accord qu'elle appréhende d'honorer à cause de la présence de quelques journalistes.

— Il ne s'agit pas de quelques journalistes, commença-t-elle, mais Dane leva la main pour lui intimer le silence, attisant sa colère.

Pour qui se prenait-il pour la traiter ainsi ?

— Nous avions convenu que je porterais l'uniforme de chef d'État zafarite si elle m'accompagnait au bal, mais les choses ne sont peut-être pas plus mal ainsi, ajouta-t-il en haussant les épaules. Au moins, je n'aurai pas à porter ce déguisement ridicule. Et je suis certain que je saurai rallier mes interlocuteurs à notre cause. Je n'aurai de toute façon pas le choix, soupira-t-il en secouant la tête. Jamilla craint sans doute d'être incapable de me résister si elle est ma cavalière.

À ces mots, Jamilla crut qu'elle allait exploser. Non seulement Dane se moquait ouvertement d'elle, mais il la faisait paraître pour une femme manquant de professionnalisme devant ses employés, des gens qu'elle appréciait et estimait.

Pire encore, il venait à nouveau de mentionner leur attirance mutuelle alors qu'elle s'évertuait à oublier ce qui s'était passé depuis quatre jours. C'était insupportable, et elle était d'ailleurs à deux doigts de lui tordre le cou !

— Espèce de sale type arrogant, rétorqua-t-elle, ivre de rage. Je n'aurai pas le moindre mal à vous résister.

— Prouvez-le.

— Très bien ! s'emporta-t-elle. Je le ferai.

Se tournant vers Orla qui les observait avec un intérêt non dissimulé, elle reprit :

— Je serai ravie d'assurer un rôle plus actif durant le bal si tu es toujours d'accord pour me prêter une robe. Je vais faire de mon mieux, tu verras. Mais ça veut dire que vous devrez porter votre uniforme, conclut-elle à l'adresse de Dane.

— J'en serai ravi, affirma-t-il avec un grand sourire avant de découper un morceau de viande.

Comprenant qu'il s'était joué d'elle, Jamilla retint une grimace. Dane lui avait tendu un piège, et elle était tombée dedans sans se rendre compte qu'elle lui avait donné exactement ce qu'il voulait.

11.

— Votre Altesse, Mlle Roussel est prête à vous accompagner, annonça Hakim.

Confortablement installé dans l'antichambre de l'ambassade zafarite de Paris, Dane se tourna vers la porte et son souffle se bloqua dans sa poitrine.

Jamilla était tout simplement éblouissante dans sa robe de soie rouge. Son décolleté modeste n'en était pas moins incroyablement érotique. Quant à son corps aux formes voluptueuses, il était mis en valeur par le fin tissu qui soulignait sa taille élancée et ses jambes fuselées.

Ses magnifiques yeux ambrés semblaient plus grands, soulignés d'un trait d'eye-liner et rehaussés d'un fard à paupières doré, et surtout plus fascinants. Elle ressemblait à une déesse, non à une reine, avec sa tiare étincelant de mille feux à la lueur des chandeliers.

Comme il se dirigeait vers elle, il eut le temps d'apercevoir une étincelle de désir ainsi qu'un bref éclat de colère dans son regard, et il dut se retenir de sourire. Il ne pouvait pas rêver mieux comme réaction.

Son épée de cérémonie tinta à sa ceinture et, pour la première fois depuis son arrivée à Zafar, il ne chercha pas à combattre le sentiment de puissance et de majesté qu'elle éveillait en lui.

En apercevant son reflet dans le grand miroir doré, dix minutes plus tôt, il avait eu l'impression d'être un imposteur. L'uniforme chargé et inconfortable lui rappelait trop son père, un homme à la fois arrogant, froid et inaccessible. Cet instant horriblement inconfortable lui avait paru durer une éternité avant d'enfin disparaître, remplacé par un étrange sentiment d'appartenance.

Ce n'était plus son père qu'il voyait, ce souverain qui avait dirigé Zafar d'une main de fer et dont il se souvenait à peine. Non, il avait commencé à voir Karim, son frère qui faisait autant partie de son passé que ce géniteur qui n'avait jamais voulu de lui. Karim qui s'était battu pour lui quand ils étaient enfants avant de se battre pour son peuple et son pays en devenant roi.

Cet uniforme lui était alors apparu comme un symbole de leurs liens familiaux et de son appartenance à la famille royale, et c'était à Jamilla qu'il le devait. Et c'était justement en l'honneur de cet héritage qu'il était prêt à faire de son mieux pour se montrer à la hauteur de la tâche qui lui avait été confiée.

Prenant la main de Jamilla dans la sienne, il se pencha pour y poser un baiser et il la sentit aussitôt se raidir comme ses yeux s'assombrissaient.

— Vous ressemblez à une reine, déclara-t-il en se redressant, la voix chargée de désir contenu. Ça vous va bien.

Jamilla rougit légèrement et s'humecta les lèvres.

— Je ne suis pourtant pas une reine, mais vous..., murmura-t-elle avant de laisser ses yeux parcourir son corps, lui rappelant l'instant où elle l'avait surpris à l'oasis.

Dane éclata de rire. C'était plus fort que lui.

Il n'avait rien d'un roi, mais pour ce soir il était prêt à endosser le rôle qu'on lui avait assigné afin de se venger de ce père qui ne l'avait jamais aimé, mais surtout afin que Jamilla le regarde différemment. Elle le désirait, et il n'avait plus de temps à perdre.

Ils avaient passé six jours à s'éviter, grâce aux changements qu'elle avait apportés à son emploi du temps, une piètre tentative de sa part pour le garder à distance. S'il s'était montré conciliant jusque-là, le moment était venu d'arrêter de jouer. Jamilla serait bientôt sienne, car il était prêt à tout pour l'entendre gémir de plaisir entre ses bras.

Ignorant la morsure du désir qui le torturait sans relâche depuis des jours, il lui offrit son bras et, après un instant d'hésitation, Jamilla le prit d'un air à la fois décidé et anxieux.

Dane retint un sourire. Elle avait toujours été franche dans sa façon de réagir même si elle s'efforçait de garder une certaine impassibilité, par souci des convenances sans doute. À présent, il lui était devenu impossible de cacher le désir qu'il lui inspirait.

Quittant l'antichambre, il la mena sur une mezzanine qui surplombait la somptueuse salle de bal où les attendait un valet de pied.

— Son Altesse le prince Dane Jones de Zafar et Mlle Jamilla Omar Roussel, annonça-t-il.

Des applaudissements retentirent aussitôt suivis par plusieurs murmures.

Dane n'avait aucun mal à imaginer la une de la presse à scandale dès le lendemain. Les reporters souhaiteraient sans doute en savoir plus sur la femme incroyablement sexy qui se tenait à ses côtés.

Comme ils descendaient l'escalier, Dane se pencha vers Jamilla, son parfum floral l'enveloppant un instant, et murmura :

— Le moment est venu de leur montrer de quoi nous sommes capables, Votre fausse Altesse.

L'effet fut immédiat : Jamilla rit discrètement et se détendit. Et pour la première fois de son existence, Dane eut l'impression d'être un véritable prince.

— Zafar est bien entendu prêt à jouer un rôle plus actif sur la scène internationale, expliqua Jamilla à la députée européenne allemande qui lui avait posé de nombreuses questions. Nous avons mis plusieurs mesures en place afin d'atteindre nos objectifs économiques tout en développant notre agriculture.

— J'aimerais beaucoup en savoir plus sur ces mesures, affirma la députée avec un sourire. Je dois avouer que je suis impressionnée, mademoiselle Roussel. Après le… Avec les articles parus lors de votre séjour à Rome, se reprit-elle en lui adressant un regard contrit, j'ai cru que le titre de chef de la diplomatie était un euphémisme pour tout autre chose. Je suis désolée.

Jamilla se sentit rougir. Son interlocutrice venait sans doute d'exprimer à haute voix ce que de nombreux invités devaient penser. C'était tellement humiliant ! Elle avait travaillé d'arrache-pied pour obtenir son poste, et quelques minutes avaient suffi pour détruire sa réputation.

Elle aurait peut-être dû choisir une autre tenue. Sa robe moulait ses formes et la faisait davantage ressembler à une courtisane qu'à une reine, n'en déplaise à Dane. Elle n'avait d'ailleurs pas l'habitude de se retrouver ainsi au centre de l'attention. Son travail consistait à conseiller, pas à s'impliquer aussi directement dans la mission.

Pour autant, elle ne parvenait pas à lui en vouloir. Certes, ils étaient toujours au cœur d'un scandale médiatique, mais discuter ainsi avec des diplomates, des hauts dignitaires et des hommes politiques de son pays et des réformes mises en place avait quelque chose d'incroyablement gratifiant.

Elle avait d'ailleurs rapidement pris confiance en elle grâce, en partie, à Dane qui ne l'avait pas quittée d'une semelle durant une partie de la soirée, se montrant même étonnamment encourageant et attentionné. Ils formaient une bonne équipe.

Hélas, si elle s'était sentie plus à l'aise avec ses interlocuteurs, elle avait été incapable d'en faire autant avec Dane, car la proximité de son corps viril et sexy la rendait folle de désir.

— Je vous remercie, enfin je crois que je devrais vous

remercier, rétorqua-t-elle avec un sourire tout en scannant la foule du regard.

Dane se trouvait à quelques mètres seulement, entouré par une foule de curieux composée d'ambassadeurs et de ministres qui semblaient pendus à ses lèvres.

Cela n'avait rien d'étonnant. Non seulement il faisait partie de la famille royale, mais il possédait également un charisme incroyable renforcé par sa nonchalance apparente. Ce cocktail détonnant était tout simplement irrésistible.

— C'est un ambassadeur exceptionnel, commenta la députée, ayant suivi son regard. Je suis surprise que le roi n'ait pas fait appel à lui plus tôt, à vous deux, se corrigea-t-elle avec un petit rire. Vous formez un couple magnifique.

— Nous ne sommes pas en couple, précisa-t-elle, les joues en feu.

Et je fais ce travail depuis des années, faillit-elle ajouter, irritée.

La réaction de son interlocutrice était pourtant parfaitement normale. Elle s'était toujours tenue en retrait jusqu'à aujourd'hui.

— Je suis là pour soutenir Son Altesse durant la mission, ajouta-t-elle.

La députée sourit de plus belle.

— Votre réaction et les photos parues dans la presse racontent une autre histoire.

— Ce n'était…, ce n'était qu'un moment d'égarement, déclara-t-elle, la gorge nouée.

C'était sa déclaration officielle depuis plus d'une semaine, mais personne ne semblait vraiment la croire. Elle n'était d'ailleurs pas certaine d'y croire elle-même.

— Rome est une ville romantique, il était tard et nous nous sommes laissé emporter.

— Pourquoi mentir alors qu'il est évident pour tout le monde que tu couches avec lui ? s'enquit une voix masculine teintée de dégoût.

Jamilla se raidit et se tourna vers un homme de taille moyenne, portant un uniforme décoré de plusieurs médailles. Sa chevelure poivre et sel encadrait un visage séduisant malgré quelques rides, mais son regard était froid et ouvertement méprisant.

— Jamilla, enchaîna-t-il comme la députée allemande s'éloignait discrètement. Tu es… aussi belle que ta mère.

Le cœur de Jamilla se serra douloureusement comme ses souvenirs refluaient.

La dernière fois qu'elle avait vu cet homme, il s'était libéré de son étreinte et lui avait promis de revenir la voir à condition qu'elle arrête de se comporter comme une gamine et apprenne les bonnes manières.

Un mélange de surprise, de désespoir, de peur et d'humiliation manqua la faire vaciller, et elle eut soudain l'impression d'être redevenue une enfant, délaissée et abandonnée.

Malgré elle, le mot qu'elle avait prononcé telle une prière en embrassant sa photo chaque soir avant de s'endormir, durant des années, glissa de ses lèvres.

— Papa ?

— Puis-je vous donner ma carte, Votre Altesse ? demanda un bureaucrate britannique à l'air hautain. Je pense que le ministre des Médias et de la Culture aimerait beaucoup vous inviter à Londres.

— Bien entendu, répondit Dane en la prenant pour la glisser dans sa poche.

Saluant son interlocuteur d'un signe de tête, il s'éloigna à la recherche de Jamilla. Où diable était-elle ? Cela faisait des heures qu'il se prêtait à cette mascarade et il était fatigué de sourire et de serrer des mains en répondant à d'innombrables questions. D'autant qu'il avait un programme bien plus agréable en tête.

Scannant la foule du regard, il l'aperçut enfin et comprit

aussitôt que quelque chose n'allait pas. Elle semblait tendue et anxieuse.

Traversant la salle d'un pas décidé, il s'approcha et fronça les sourcils en découvrant l'expression de son visage. Elle avait l'air désespérée.

Son interlocuteur, un homme plus âgé et vêtu d'un uniforme, lui parlait d'un ton sec, et Jamilla l'écoutait sans réagir.

— Ne sois pas embarrassée, ma chérie, ta mère savait comment obtenir ce qu'elle voulait. Et je suis certain que le prince apprécie tes petites attentions.

Aussitôt, Dane sentit son sang bouillir. Une colère aveuglante teintée de culpabilité le saisit, et il perdit tout contrôle.

— Qu'est-ce que tu viens de dire, espèce de salaud ? lança-t-il en agrippant sa veste.

— Dane, ce n'est pas grave, intervint Jamilla en posant la main sur son bras.

Elle tremblait et semblait sur le point de s'évanouir.

— C'est très grave, au contraire ! répliqua-t-il en repoussant l'inconnu.

Celui-ci lui lança un regard noir, mais tourna les talons en réalisant qu'ils étaient à présent au centre de l'attention des invités.

— Personne n'a le droit de vous parler de cette façon, ajouta-t-il en la prenant par la taille. Personne !

Jamilla cilla, mais reprit un peu de couleurs.

Certains invités avaient sorti leur portable pour les filmer, mais Dane ne leur prêta pas attention. Ils allaient sans doute de nouveau faire la une de la presse à scandale, mais peu importait. Seule comptait Jamilla.

— Partons, proposa-t-il.

Elle acquiesça.

La guidant à travers la foule, il s'évertua également à la protéger des regards curieux en attendant l'arrivée du service de sécurité qui les escorta à l'étage et jusqu'à leurs suites.

Lorsqu'ils furent arrivés dans le salon, Jamilla se mit aussitôt à faire les cent pas, et Dane en profita pour l'observer un instant.

Pourquoi n'avait-elle pas réagi aux propos de ce sale type ? La femme forte, intelligente et courageuse qu'elle était n'aurait jamais dû se laisser insulter de cette façon. Quelque chose n'allait pas.

Enfin, elle s'immobilisa pour se placer devant la fenêtre, et il dut croiser les bras pour ne pas la toucher. Il avait envie de la réconforter et de chasser ces ombres de ses yeux magnifiques. Le lien qui les unissait était pourtant purement sexuel. Il n'y avait rien d'autre entre eux.

— Je suis désolée que vous ayez été impliqué dans cet incident, déclara Jamilla, le tirant de ses pensées.

Elle avait parlé d'une voix posée, mais il était évident qu'elle retenait ses larmes. Pourquoi ? Elle n'avait rien à se reprocher.

— Vous devriez retourner à la soirée. Je vais rédiger un communiqué de presse pour…

— Qu'ils aillent au diable, la coupa-t-il, irrité. Qui était ce type ?

Ce n'était pas uniquement de la curiosité. Il avait envie de le savoir.

Jamilla soupira avant de lui adresser un sourire qui n'atteignit pas ses yeux.

— C'est François Xavier Roussel, un ancien lieutenant-colonel de l'armée française qui a travaillé un temps en tant que diplomate. J'aurais dû me douter qu'il serait là et me préparer en conséquence.

— Roussel ? répéta-t-il en plissant les yeux. Il est de votre famille ?

Jamilla eut un éclat de rire dénué d'humour, et Dane eut enfin l'impression de retrouver la femme qu'il connaissait.

— C'est mon père.

— Ce salaud est votre père ? demanda-t-il d'un air furieux avant de jurer.

Jamilla tressaillit, mais la violence de sa réaction la libéra du brouillard qui la retenait captive depuis qu'ils avaient quitté le bal.

Elle avait longtemps rêvé de gagner enfin l'amour et le respect de son père, et cette expression de mépris sur son visage l'avait bouleversée tout en lui rappelant de douloureux souvenirs.

L'arrivée de Dane l'avait également touchée. Il était apparu tel un chevalier en armure pour la sauver de ses démons, ceux qui lui murmuraient parfois qu'elle était responsable de l'indifférence de son père et du chagrin de sa mère.

— Pourquoi vous a-t-il parlé de cette façon ? s'enquit-il, visiblement outré. Tous ses sous-entendus… On aurait dit un vieux pervers…

Jamilla ne put s'empêcher d'éclater de rire.

— Qu'est-ce qu'il y a de drôle ?

Jamilla, secoua la tête, incapable de parler.

Elle revoyait encore l'expression horrifiée de son père quand Dane l'avait saisi par sa veste pour le repousser violemment. Personne n'avait sans doute osé le traiter de cette façon… ni la protéger avant Dane.

L'incident allait probablement faire la une des médias, mais elle s'en moquait. Pour la première fois de son existence, elle se sentait libérée de sa culpabilité. Elle n'était pas responsable de la façon dont son père les avait traitées, sa mère et elle, ni du désespoir de cette dernière qui avait fini par la tuer.

— Son visage, parvint-elle à répondre entre deux hoquets, quand vous l'avez traité de salaud.

— Il l'avait mérité.

Il lui adressa un sourire sensuel qui lui coupa le souffle, mais cette fois elle ne chercha ni à nier ni à cacher sa réaction.

Avançant vers lui, elle se mit sur la pointe des pieds pour lui caresser le visage.

— Merci de m'avoir sauvée.

Dane fronça les sourcils, mais posa les mains sur ses hanches, une lueur de désir assombrissant ses yeux.

— Soyez prudente, Jamilla. J'ai envie de terminer ce que nous avons commencé à Rome depuis des jours, avoua-t-il comme son regard se posait sur ses lèvres. Depuis plus longtemps que ça, en fait. Et je ne suis pas certain d'arriver à me contrôler si vous continuez ainsi, soupira-t-il.

Jamilla aurait dû être terrifiée par la proximité de son corps et par la violence de son désir, mais elle ne pouvait se résoudre à s'écarter. Elle avait envie, non, besoin de lui… surtout après ce qui venait de se passer.

— J'ai… j'ai moi aussi envie de terminer ce que nous avons commencé, reconnut-elle d'une voix tremblante en nouant les bras autour de son cou pour se presser contre lui.

Dane glissa la main dans ses cheveux et la força à croiser son regard.

— Que les choses soient claires : je ne suis pas un prince charmant ni un chevalier en armure. Si c'est ce que vous cherchez, passez votre chemin.

Pourtant c'était exactement ce qu'il avait été pour elle ce soir. Il avait défendu la petite fille qui se croyait indigne de l'amour de son père…

Jamilla se mordit les lèvres dans l'espoir de chasser ces pensées ridicules de son esprit.

— Il faut que vous soyez sûre de vous, insista Dane, parce que je ne peux vous offrir que du sexe.

Oh ! comme il se trompait !

Si Dane se donnait autant de mal pour tenir la promesse faite à Karim et Orla, c'était parce qu'il aimait profondément sa famille. Il suffisait de le voir avec eux pour s'en convaincre. Et il y avait également les lettres envoyées à son père. Ce petit garçon en demande d'affection était toujours là en lui, même s'il refusait de le reconnaître.

Il avait bien plus à offrir qu'il ne le pensait, mais elle ne devait pas se faire d'illusions. Ce n'était pas à elle que revenaient toutes ses richesses. Il serait dangereux et stupide à la fois de penser le contraire.

— J'en suis sûre, affirma-t-elle comme une étrange émotion la gagnait.

Sa décision avait un coût, mais elle était prête à le payer. Elle voulait goûter à sa liberté trouvée et enfin tourner le dos à cette jeune femme prudente prête à tout pour obtenir l'approbation de son entourage.

Ce soir, elle avait envie de se laisser submerger par l'incendie qui brûlait dans son corps depuis leur première rencontre, de se laisser enfin consumer par le brasier sans s'inquiéter des conséquences.

Dane la souleva dans ses bras pour l'amener dans la chambre, et Jamilla s'accrocha à lui comme si sa vie en dépendait.

Un délicieux frisson d'excitation naquit en elle, et elle s'efforça de se concentrer sur lui afin d'oublier la peur qui menaçait elle aussi de l'engloutir.

12.

La robe de Jamilla tomba à ses pieds, et Dane eut soudain du mal à réfléchir. Elle était magnifique, non, elle était bien plus que ça dans son ensemble en dentelle violet qui épousait ses courbes tout en les mettant en valeur.

Une lance de désir brûlante se ficha dans ses reins, et il dut lutter pour ne pas perdre l'esprit et se jeter sur elle pour la dévorer avant de se perdre dans son corps.

Il devait impérativement se calmer. Il n'était plus un ado esclave de sa libido ! Non, il allait prendre son temps pour profiter de cette nuit qui serait la première mais également la dernière qu'ils passeraient ensemble.

Il n'avait pas d'autre choix. Il désirait Jamilla, c'était indéniable, mais son instinct lui soufflait de se montrer prudent. En quelques jours, elle en avait plus appris sur lui qu'aucune autre femme, et cette proximité, mêlée d'intimité le mettait mal à l'aise.

Pour autant, il ne pouvait supporter l'idée qu'elle puisse l'oublier. Non, il allait lui donner plus de plaisir qu'aucun homme avant lui.

— Enlève ton soutien-gorge, ordonna-t-il d'une voix rauque.

Il brûlait de la toucher, mais il ne se faisait pas confiance. Il risquait de le lui arracher s'il approchait.

Jamilla rougit, mais s'exécuta néanmoins, et Dane sentit son ventre se contracter quand il avisa ses seins pleins et fermes qui appelaient les caresses.

Embarrassée, Jamilla se croisa les bras, et sa timidité le mit au supplice. Il ne la désirait que davantage, mourant d'envie de la prendre et de la marquer pour qu'elle soit enfin sienne.

— Qu'est-ce qui ne va pas ? demanda-t-il en remarquant l'étrange lueur qui brûlait dans ses yeux.

C'était un mélange de désir et d'autre chose, pas vraiment de la peur, non, plutôt de la fragilité.

— Je… J'ai envie de te voir nu aussi, souffla-t-elle en évitant son regard.

— D'accord, commenta Dane avec un sourire.

Sans perdre une seconde, il se débarrassa de ses chaussures et de son uniforme, et enfin de son caleçon.

Jamilla écarquilla les yeux à la vue de son membre gonflé de désir, et il ne put s'empêcher de se sentir flatté.

Plusieurs femmes lui avaient déjà avoué qu'il était plus imposant que la majorité des hommes, mais la réaction de Jamilla avait quelque chose de rassurant, lui prouvant que, même s'il avait du mal à se contrôler, il n'était plus ce jeune garçon maladroit convaincu que le sexe pourrait lui donner l'affection dont il avait tant besoin.

— Tout ira bien, lui assura-t-il en comblant la distance qui les séparait. Nous allons prendre notre temps.

Doucement, il la prit par le menton, et elle lui adressa un petit sourire.

— Je te remercie de ta prévenance.

Dane faillit éclater de rire face à cette réponse polie qui n'avait pas sa place en cet instant.

Se penchant, il la força à écarter les bras et prit l'un de ses mamelons entre ses lèvres, lui arrachant un gémissement de surprise.

Sans interrompre sa caresse, il glissa la main dans sa culotte de dentelle et manqua perdre tout contrôle en la découvrant, déjà humide et prête à l'accueillir.

S'évertuant à la patience, il introduisit un doigt en elle tout en posant les lèvres dans son cou comme il l'avait fait à

Rome, et Jamilla s'agrippa en soupirant comme il l'emmenait vers l'orgasme.

Jamilla n'arrivait plus à réfléchir. C'était tellement incroyable et tellement plus fort que tout ce qu'elle aurait pu imaginer. Elle avait l'impression que son corps était en feu tandis que Dane l'emmenait toujours plus haut et toujours plus loin.

Enfin, quelque chose sembla se briser en elle, et elle enfouit ses deux mains dans sa chevelure en étouffant un cri de plaisir.

Les jambes tremblantes, elle voulut s'écarter dans l'espoir de reprendre le contrôle de ses émotions, mais Dane la souleva dans ses bras pour la déposer sur le lit, s'allongeant sur elle tout en lui maintenant les poignets au-dessus de la tête.

Il la contempla longuement, ses yeux azur semblant sonder le tréfonds de son âme, et Jamilla eut soudain l'impression qu'un lien intangible les liait l'un à l'autre.

Enfin, après ce qui lui sembla une éternité, il lui prit les hanches et se plaça entre ses cuisses, avant d'entrer en elle en un mouvement fluide qui lui arracha un cri de douleur.

Dane s'immobilisa aussitôt en poussant un juron, et l'expression de son visage lui serra le cœur. Il semblait à la fois horrifié et furieux.

Jamilla se sentit aussitôt coupable… et stupide. Elle aurait dû lui avouer la vérité, mais elle n'avait pas osé. C'était un sujet sensible, privé et embarrassant, mais à présent il était trop tard pour revenir en arrière.

— Tu es vierge ? lui demanda-t-il, les mâchoires serrées.

Jamilla ouvrit la bouche et la referma aussitôt. Elle n'avait pas eu l'intention de le tromper ou de le piéger, mais Dane l'ignorait.

— Ne me mens pas.

La gorge serrée, elle hocha la tête.

— Nom d'un chien ! lança-t-il.

Sa colère mêlée de culpabilité lui brisa le cœur.

— Qu'est-ce qui ne va pas ? demanda-t-elle en posant une main tremblante contre sa joue.

— Absolument tout.

Sa réponse et le ton de sa voix manquèrent la faire défaillir tant il semblait accablé par la vérité.

Se mordillant la lèvre, elle s'efforça de se préparer mentalement à ce qui allait suivre. Dane allait sans doute se retirer avant de s'écarter avec dégoût et de lui demander de quitter sa chambre.

— Il faut que je bouge, annonça-t-il, la tirant de ses pensées. Je te fais mal ? Tu penses pouvoir le supporter un peu plus longtemps ?

Jamilla était complètement perdue. Pourquoi ne la repoussait-il pas ?

Incapable de comprendre, elle se contenta de hocher la tête en silence et ne put retenir un soupir quand il entama un lent mouvement de va-et-vient.

La douleur était encore présente, mais elle semblait refluer, remplacée par quelque chose de plus fort et bien plus agréable.

Accrochée à lui, elle retint un gémissement quand il accéléra le rythme, s'efforçant de se concentrer sur l'étrange chaleur qui naissait en elle et semblait se répandre dans tout son corps.

Les mouvements de Dane se firent plus erratiques, et une vague de plaisir la balaya soudain, emportant tout sur son passage quelques secondes avant que son amant ne se retire, la laissant tremblante comme il atteignait l'orgasme à son tour.

Dane se releva et se dirigea vers la salle de bains d'une démarche incertaine. Qu'avait-il fait ?

D'une main tremblante, il se passa de l'eau sur le visage avant de se nettoyer sommairement.

Jamilla aurait dû lui dire la vérité. Elle aurait dû le prévenir qu'elle était encore vierge au lieu de… De quoi, au juste ? De le laisser la prendre avec autant d'empressement ? Comme si son aveu aurait pu faire une différence… En vérité, rien n'aurait pu l'empêcher de la faire sienne, absolument rien.

Observant un instant son reflet dans le miroir, il réalisa soudain qu'il n'avait pas le choix. Il allait devoir assumer les conséquences de sa décision, de leur décision, sous peine de se comporter comme un homme sans honneur, un homme comme l'était son père.

Humidifiant une serviette d'eau tiède, il regagna la chambre et trouva Jamilla, enroulée dans le drap, penchée vers le sol.

Se redressant d'un bond, elle se tourna vers lui, sa culotte en dentelle dans la main.

— Je vais… Je vais retourner dans ma chambre, annonça-t-elle en rougissant, avant que quelqu'un s'aperçoive de mon absence.

Elle baissa la tête, mais il eut le temps d'apercevoir son expression à la fois paniquée et coupable.

Combattant la colère qui montait en lui, il resta silencieux comme elle continuait à rassembler ses vêtements.

De toute évidence, elle avait l'intention de fuir, et il était hors de question de la laisser faire. Ils allaient devoir assumer les conséquences de leur acte.

— C'est un peu tard pour ça, tu ne crois pas ? l'interrogea-t-il avec un sourire dénué d'humour.

Il ne pouvait pas la laisser s'échapper, pas comme ça alors qu'il n'avait même pas mis de préservatif !

— Non, je ne crois pas, répondit-elle en récupérant son soutien-gorge et sa robe, enroulée dans le drap taché de quelques gouttes de sang.

Cette preuve irréfutable de son innocence lui rappela qu'il était sans doute le premier homme – le seul – à l'avoir vue nue, et un sentiment de satisfaction le gagna.

— Si je pars maintenant, je peux prendre l'escalier de derrière pour rejoindre ma suite. Je vais rédiger un communiqué de presse pour expliquer ce qui s'est passé durant le bal, poursuivit-elle comme s'ils avaient repris leur place respective – lui en tant que membre de la famille royale et elle en tant que chef de la diplomatie. Pour le reste, personne ne m'a vue, et ils ne pourront pas prouver que…

Elle s'interrompit comme il lui agrippait le poignet pour la forcer à lui faire face. Les joues rouges, elle continua d'éviter son regard, mais il tint bon. Elle ne pouvait pas prétendre qu'il ne s'était rien passé.

Ses parents ne s'étaient jamais souciés de lui. Ils l'avaient négligé, abandonné – chacun à sa façon – jusqu'à le convaincre qu'il n'était qu'un moins que rien. Il était hors de question que Jamilla en fasse autant.

— Nous le saurons, dit-il doucement malgré sa colère. Tu aurais dû me dire que tu étais vierge, Jamilla, mais tu ne l'as pas fait et il était trop tard pour revenir en arrière. Si tu veux cacher ce qui s'est passé à la presse, fais-le, je m'en moque, mais je n'ai pas l'intention de te laisser partir comme ça.

Surprise, Jamilla plongea enfin son regard dans le sien, et une étrange émotion le saisit.

— Mais…, commença-t-elle en s'efforçant d'ignorer la chaleur de la paume de Dane contre sa peau. Tu n'es pas sérieux. Si je reste ici, nous n'arriverons jamais à garder le secret, et tout le monde sera au courant.

— Et alors ? s'enquit-il avec un sourire qui n'atteignit pas ses yeux. Aurais-tu honte de ce qui s'est passé ? De ce que nous avons fait ?

— Bien sûr que non, mais… Je ne m'attendais pas à ce que tu…

Elle s'interrompit, horrifiée, mais il était déjà trop tard.

— Pour qui me prends-tu ? Tu pensais vraiment que j'allais te jeter dehors après avoir pris ta virginité ?

— Non, je… Je n'avais pas l'intention de t'accuser de n'avoir aucun honneur, précisa-t-elle dans l'espoir de l'apaiser.

— Tant mieux.

— Je pourrais démissionner, offrit-elle, le cœur battant. Pourquoi se montrait-il aussi insistant ? Il ne s'agissait que d'une seule nuit. Elle s'était même préparée, bien consciente qu'il lui faudrait se montrer forte et impassible quand le moment serait venu de le quitter pour rejoindre sa chambre. Mais à présent… une infime étincelle d'espoir dont elle ignorait l'existence s'était allumée dans son cœur.

— Tu pourrais, concéda-t-il en glissant la main dans ses cheveux, mais je n'ai pas l'intention de te quitter des yeux jusqu'à ce qu'on soit sûr que tu n'es pas enceinte.

À ces mots, la petite étincelle s'éteignit tandis qu'une vague de panique montait en elle.

— Je ne peux pas être enceinte. Tu n'as pas… à l'intérieur de moi, dit-elle avec l'impression de n'être qu'une gamine empotée.

— Utilises-tu un contraceptif ?

Incapable de parler, Jamilla secoua la tête.

— Dans ce cas, il y a un risque même si je n'ai pas éjaculé à l'intérieur de toi, affirma-t-il en utilisant les mots qu'elle avait été trop embarrassée pour prononcer.

— Je suis désolée.

C'était son honneur et rien d'autre qui le poussait à agir ainsi. Il n'avait sans doute pas l'intention de l'épouser, mais elle le connaissait assez pour savoir qu'il ne l'abandonnerait pas.

— Je n'ai pas réfléchi. J'aurais dû te demander de mettre un préservatif.

— Nous nous sommes tous les deux laissé emporter, affirma-t-il en lui prenant le menton.

Sa gentillesse renforça encore sa culpabilité.

— Nous aurions dû y penser, poursuivit-il en lui caressant les lèvres avec son pouce. Ce qui est fait est fait.

Jamilla faillit fondre en larmes. Comment pouvait-il se montrer aussi pragmatique ? Il aurait dû être en colère contre elle au lieu de chercher à la rassurer.

— Je peux faire un test dans quelques jours.

— Où en es-tu dans ton cycle ? demanda-t-il en posant la main sur sa taille.

Jamilla se sentit rougir. Sa question était parfaitement légitime, mais elle était mal à l'aise. Elle venait pourtant de coucher avec lui…

— Je suis au milieu, je crois.

Ce qui voulait dire qu'elle était en pleine ovulation ! Et s'il avait raison ? Et si elle vraiment enceinte ?

— Calme-toi.

Le son de sa voix la tira de ses pensées, et elle acquiesça en silence, reconnaissante qu'il soit à ses côtés, mais également terrifiée de se reposer sur lui. Elle ne pouvait pas se le permettre. C'était trop dangereux.

S'écartant, elle se tourna vers la fenêtre. Ses sous-vêtements et sa robe semblaient lui brûler la main.

Elle les avait choisis sans arrière-pensée, du moins aurait-elle aimé s'en convaincre, mais à présent elle n'en était plus aussi sûre.

— Je suis vraiment désolée de ne pas t'avoir dit la vérité ou de ne pas t'avoir demandé de mettre un préservatif, dit-elle, les yeux rivés sur la tour Eiffel qui semblait étinceler dans la nuit.

Cette vue magnifique de Paris ne faisait rien pour apaiser ses craintes. En quelques semaines, elle s'était perdue, se laissant submerger par ses émotions au point de manquer de prudence et de commettre l'irréparable. Elle n'était plus la femme qu'elle avait été, ni même celle qu'elle aurait aimé être.

Se redressant, elle se força à affronter Dane, mais ne put ignorer l'implacable vague de désir qui montait en elle à la vue de son torse musclé marqué de fines cicatrices. Il était à la fois séduisant, sexy, mais également mystérieux et captivant telle une énigme qu'elle brûlait de résoudre. L'intensité de ses émotions la terrifia. Confondait-elle désir et complicité ? Ou sa réaction n'était-elle qu'une conséquence de sa rencontre avec son père. Et, si c'était le cas, allait-elle apprendre à se maîtriser avant qu'il ne soit trop tard ?

— Je ne veux pas te forcer à faire quoi que ce soit.

— Je suis assez grand pour prendre mes propres décisions, rétorqua-t-il en s'approchant. Il nous reste sept jours de mission n'est-ce pas ?

Comme elle acquiesçait, il poursuivit :

— Dans ce cas, il vaut mieux attendre d'être de retour à Zafar pour faire un test de grossesse. La presse risque de l'apprendre si tu tentes d'en obtenir un ici.

— D'accord, murmura-t-elle, les lèvres tremblantes.

— Arrête ça, ordonna-t-il en lui prenant le menton. Je ne suis pas un si mauvais parti que ça, si ?

Malgré elle, le cœur de Jamilla se mit à battre douloureusement. Dane cherchait simplement à la réconforter en détendant l'atmosphère, c'était évident. Il n'était pas sérieux.

— Je ne peux pas… Nous ne pouvons pas être ensemble, même si je suis enceinte.

Dane était sans doute prêt à tout pour les protéger, elle et leur hypothétique enfant, y compris à lui demander sa main et elle n'était pas sûre d'avoir la force de refuser. Un mariage de convenance était pourtant une très mauvaise idée. Il lui suffisait de songer à ses parents pour s'en convaincre.

Son père avait épousé sa mère afin de protéger sa carrière diplomatique. Il ne l'aimait pas et l'avait rapidement abandonnée pour retourner vers la seule femme qui comptait vraiment à ses yeux.

Elle s'était promis de ne jamais commettre la même erreur, et se marier avec Dane dans ses conditions reviendrait à les enfermer tous les deux dans une union sans amour.

— Je pense qu'il vaudrait mieux que je retourne dans ma chambre, annonça-t-elle en se dirigeant vers la salle de bains.

Dane lui prit aussitôt le bras pour la retenir.

— C'est hors de question.

— Je ne crois pas que…

— Je te l'ai déjà dit, coupa-t-il, je n'ai pas l'intention de te quitter des yeux. Comment te sens-tu ? Tu as mal quelque part ?

Sa sollicitude la bouleversa, manquant la faire fondre en larmes pour de bon.

— C'est sensible, mais je n'ai pas mal, ce qui est plutôt bon signe étant donné la taille de…

Elle s'interrompit, horrifiée, mais Dane éclata de rire.

— Je suis désolée, je ne voulais pas…

— Ne t'inquiète pas. Et puis, tu es mignonne quand tu es gênée.

Mignonne ?

Ignorant si elle devait se sentir flattée ou vexée, Jamilla préféra garder le silence.

— Va sous la douche, ordonna-t-il en lui donnant une petite tape sur les fesses. Tu n'as qu'à prendre le lit. Il y a des T-shirts propres dans la commode, précisa-t-il. On se voit demain au petit déjeuner.

— Où vas-tu dormir ? demanda-t-elle, déçue.

Elle n'était pas prête à coucher de nouveau avec lui, mais elle n'avait pas envie de rester seule.

— Il y a une autre chambre de l'autre côté du salon, expliqua-t-il. Je pense qu'il vaut mieux que je m'y installe jusqu'à notre départ pour l'Espagne.

Il laissa son regard remonter sur son corps, la faisant frémir de désir, avant de poursuivre.

— Tu vas avoir besoin de repos, et il faut que je trouve un moyen d'obtenir des préservatifs sans avertir les médias.

Ce n'est qu'une demi-heure plus tard, confortablement installée dans son lit, son parfum viril l'enveloppant délicieusement que Jamilla réalisa que Dane avait véritablement l'intention de la garder à ses côtés jusqu'à la fin de la mission diplomatique.

Ignorant les frissons d'excitation qui parcouraient son corps à l'idée de partager de nouveau son lit, elle se promit d'avoir une discussion avec lui le lendemain matin.

13.

— Quel est le problème avec ton père ? demanda Dane en observant Jamilla avec attention.

Installés devant le magnifique déjeuner préparé par les cuisines de l'ambassade, ils avaient longuement discuté de la stratégie à adopter face à la presse concernant l'incident de la veille.

Jamilla s'était évertuée à lui parler d'un ton professionnel malgré sa tenue – une robe de chambre fournie par l'hôtel. Avec sa chevelure décoiffée et son visage dénué de maquillage, elle ressemblait davantage à une femme sortant de la chambre de son amant qu'à la chef de la diplomatie.

Il l'avait laissée faire, car la situation était plus sérieuse qu'il l'avait imaginé. Hakim l'avait d'ailleurs prévenu que la presse faisait le pied de grue devant l'hôtel comme lors de leur séjour à Rome. En fin de compte, Jamilla avait eu raison. Il aurait mieux fait de la laisser regagner discrètement sa chambre. Alors pourquoi n'avait-il pas pu s'y résoudre ?

Il ne comprenait toujours pas pourquoi il avait autant insisté pour qu'elle reste, et ce besoin de la garder à ses côtés autant que celui de la protéger commençait à l'irriter. D'autant que le comportement de la jeune femme contribuait à sa mauvaise humeur.

Elle avait parfaitement le droit de garder leur liaison secrète. Ni Karim ni Orla et encore moins les journalistes n'avaient besoin de savoir ce qu'il y avait entre eux, mais elle ne pouvait pas continuer à agir comme s'il ne s'était rien passé.

Il s'était engagé à faire son devoir et avait bien l'intention de tenir parole. Contrairement à son père, il n'était pas homme à profiter d'une femme avant de l'abandonner sans un regard en arrière. Jamilla lui avait offert sa virginité et elle portait peut-être son enfant, elle méritait mieux que ça... même si elle s'obstinait à se voiler la face. Pensait-elle réellement que personne n'allait s'apercevoir de ce qui se passait entre eux ?

Elle avait organisé une conférence de presse et lui avait donné plusieurs conseils pour détourner ou éviter les questions personnelles, mais la vérité finirait bien par se savoir, ce dont il se moquait complètement. Non, ce qui l'intéressait vraiment était de comprendre pourquoi elle avait réagi de cette façon durant le bal.

— Il n'y a pas grand-chose à dire, affirma-t-elle en évitant son regard, prouvant ainsi qu'elle mentait. Je le connais à peine. Il a quitté Zafar quand j'avais six ans et n'est jamais revenu. Mais, même avant ça, il était souvent absent, poursuivit-elle en haussant les épaules. Il vivait la plupart du temps à Paris avant le divorce.

— Tu veux dire que c'est la première fois que tu le revoyais depuis plus de vingt ans ?

Jamilla releva un instant la tête pour acquiescer avant de la baisser de nouveau, embarrassée.

La rage qui l'avait saisie la veille revint tout aussi puissante et il eut envie d'aller étrangler ce salaud. Quel genre d'homme pouvait contempler sa fille avec autant de morgue et de mépris ? Et pourquoi l'avait-il rejetée ?

— Il vaut mieux que nous refusions de répondre aux questions sur cet incident, déclara Jamilla en reposant ses couverts.

Dane fronça les sourcils. Ce n'était pas une bonne idée. D'après Hakim, les journalistes semblaient obsédés par cette histoire et ils ne se laisseraient pas décourager aussi facilement. Mais il ne pouvait pas le lui avouer. Elle avait l'air tellement vulnérable qu'il refusait de l'inquiéter davantage.

— C'est un salaud, Jamilla, déclara-t-il en posant sa main sur la sienne. Tu mérites un meilleur père.

Ses lèvres tremblèrent et elle se frotta les yeux, le mettant à l'agonie.

Lui aussi avait quelque chose à se reprocher. Il avait pris sa virginité, se jetant sur elle comme un obsédé avant de quitter son lit après avoir obtenu satisfaction.

— Je ne suis pas la seule à mériter un meilleur père.

— Tu as raison, confirma-t-il bien qu'il n'en fût pas aussi sûr.

Il avait été un enfant puis un adolescent difficile, toujours prêt à tester et à franchir les limites. Il avait couché avec des dizaines de femmes, pratiquement toutes plus âgées que lui, mais aucune d'entre elles n'avait jamais représenté quoi que ce soit pour lui.

Jamilla était différente. Il l'appréciait réellement, mais ils n'avaient aucun avenir ensemble. Il finirait par la quitter elle aussi… à moins qu'elle soit enceinte bien entendu. Dans ce cas, il s'assurerait de les protéger elle et leur enfant d'une façon ou d'une autre.

Leur relation était et devait rester purement sexuelle. Ils avaient tous deux eu une enfance compliquée, mais si l'absence d'un père avait fait de Jamilla une femme déterminée, naïve et innocente à la fois, elle avait fait de lui un homme incapable de s'attacher à qui que ce soit. Il ne vivait que pour son travail et l'avait accepté depuis bien longtemps. Il était trop tard pour revenir en arrière.

On frappa à la porte, et il se leva en s'efforçant d'ignorer le pincement de son cœur dans sa poitrine.

— C'est sûrement Hakim. Je lui ai demandé de prévenir discrètement ton assistante et de faire envoyer tes affaires ici pour le reste du séjour.

Dane quitta la pièce avant de lui laisser le temps de répondre, et elle se résolut à attendre son retour en silence.

— Ton assistante m'a précisé que ta tenue pour la journée a été repassée, annonça-t-il en posant sa valise.

— Je ne peux pas rester ici.

Dane se redressa, et la vue de son corps musclé la fit tressaillir.

— Pourquoi pas ?

— La presse risque de l'apprendre.

— Bien sûr que non. Tous les employés savent que ce qui se passe entre nous ici, à l'ambassade, est privé.

— Mais ce n'est pas approprié, reprit-elle, paniquée. Je travaille pour toi.

— Non, murmura-t-il en s'approchant pour lui caresser la joue. Tu travailles pour mon frère, et il n'a pas le droit de nous dire ce que nous pouvons ou ne pouvons pas faire en privé.

— Je ne peux pas..., souffla-t-elle en baissant la tête. Je ne peux pas coucher de nouveau avec toi.

— Tu ne peux pas ou tu ne veux pas ?

Jamilla releva la tête, et l'intensité du regard de Dane la cloua sur place.

— Tu n'as plus besoin de faire semblant, Jamilla, déclara-t-il d'une voix sensuelle qui la fit frissonner de plaisir, ni pour Karim, ni pour ton salaud de père et encore moins pour moi. Tu as le droit de faire ce que tu veux, ajouta-t-il en la relâchant pour glisser la main dans sa poche.

Il la contemplait toujours, et l'instinct de Jamilla lui soufflait qu'il n'était pas aussi détendu qu'il voulait le lui faire croire.

— Si tu ne veux pas de moi, je te laisserai tranquille, mais si tu me désires encore... Profitons du temps qui nous est accordé, au moins jusqu'à ce qu'on soit sûrs que tu n'es pas enceinte.

Dane ne lui offrait que quelques instants de plaisir, rien

de plus. Si elle portait effectivement son enfant, elle ne serait qu'une obligation à ses yeux, une perspective insoutenable.

Pour autant, le désir était bien là, implacable et irrésistible, lui enjoignant de cesser de lutter pour s'abandonner au plaisir. La seule question qui demeurait était de savoir si elle en était capable.

Ce serait un risque, un risque immense. Professionnel d'abord, car sa carrière ne survivrait pas à un tel scandale, mais également personnel. Une part d'elle était d'ailleurs terrifiée de souffrir tandis que l'autre, plus impulsive et qui s'était éveillée au contact de Dane, la poussait à dépasser sa peur. Et il fallait bien reconnaître qu'elle était tentée.

Toute sa vie durant, elle s'était efforcée de respecter les règles et d'adopter une conduite irréprochable pour que l'homme qui l'avait abandonnée admette enfin qu'elle était digne d'être sa fille.

À présent, elle savait que ses efforts avaient été vains et que son rêve ne se réaliserait pas. Son père ne la reconnaîtrait jamais quoi qu'elle fasse ou dise. Il était temps de tourner la page, d'être enfin elle-même et de vivre comme elle l'entendait.

— Je te désire.

Elle ne pouvait pas le nier d'autant qu'elle avait enfin compris : si elle était restée vierge aussi longtemps, c'est parce qu'elle avait attendu l'homme qui se tenait devant elle.

— Dans ce cas, plus rien ne nous empêche de faire ce que nous voulons.

— Tu… Tu as raison.

L'attirant à lui, il la souleva dans ses bras et la fit tournoyer avant de la reposer au sol pour lui adresser un sourire à la fois lumineux et malicieux. Enfin, il prit ses lèvres en un baiser exigeant comme il défaisait la ceinture de sa robe de chambre.

— Que dirais-tu d'arriver en retard pour notre conférence de presse ? s'enquit-il en déposant une pluie de baisers brûlants dans son cou.

S'efforçant de repousser la peur qui ne l'avait pas tout à fait quittée pour se concentrer sur le désir qu'il lui inspirait, elle répondit :

— Nous ne serons pas en retard si nous ne perdons pas de temps.

Glissant les mains sous son T-shirt, elle le caressa, grisée par la certitude qu'il lui appartiendrait encore pendant quelques jours.

14.

— Bonjour, Jamilla ! Tu étais vraiment magnifique sur les photos parues hier, mais je voulais savoir comment tu allais ?

— Je vais très bien, Orla, répondit-elle en se sentant rougir. Attends une minute.

Traversant le salon, elle se réfugia dans la chambre. Avec un peu de chance, Orla n'avait pas entendu le bruit de la douche.

Orla était une excellente amie qui l'avait soutenue dès le début, mais elle n'était pas encore prête à lui avouer la vérité même si sa relation avec Dane faisait la une de la presse à scandale, accompagnée de gros titres tous plus ridicules et tapageurs les uns que les autres :

LE PRINCE ET LA CHEF DIPLOMATIQUE :
UNE AFFAIRE DE CŒUR ?

LA TENTATION DU MILLIARDAIRE DEVENU PRINCE !

Les articles qui y étaient associés tentaient d'expliquer son rôle dans la transformation supposée de Dane d'homme d'affaires en membre de la famille royale.

L'un des clichés dont parlait Orla tendait malheureusement à prouver que les rumeurs sur leur prétendue liaison étaient fondées. Elle se tenait aux côtés de Dane, un sourire aux lèvres et les joues rouges, derrière un groupe de jeunes adolescentes.

— J'ai toujours cru que les filles sages étaient ennuyeuses. Qui aurait cru que je puisse me tromper à ce point ? lui avait-il murmuré à l'oreille quelques secondes avant que le cliché soit pris.

Jamilla avait retenu une grimace en le découvrant dans les journaux et s'était attendue à ce qu'Orla la contacte dès la fin de la conférence de presse.

Dane s'était montré intraitable, refusant de répondre aux questions trop indiscrètes de la presse avec un calme et une politesse mêlée d'arrogance digne d'un prince. Elle était restée silencieuse, reconnaissante de sa présence réconfortante.

Son père avait bien entendu donné une interview exclusive la présentant comme une fille indigne, et ses propos avaient largement été relayés par les journaux à scandale, compliquant encore la situation quand ils étaient arrivés en Espagne.

Se retrouver ainsi au centre de l'attention lui était insupportable, mais le plus inquiétant restait sa propension à se reposer sur Dane. Il n'avait pas hésité à la protéger du regard des paparazzis à l'aéroport et il ne l'avait pas non plus quittée d'une semelle que ce soit lors du banquet ou pendant les visites officielles. Et, lorsqu'ils se retrouvaient enfin seuls, Dane lui faisait l'amour avec une intensité qui la laissait tremblante de plaisir.

Elle ne pouvait plus se passer de lui, ne s'imaginait pas s'endormir sans sa présence rassurante pour se réveiller dans ses bras, le corps alangui et brûlant de désir. Pourtant, la date de leur retour à Zafar approchait dangereusement. Le rêve allait bientôt s'achever.

— Tu en es sûre ? s'enquit Orla, la tirant de ses pensées. Tu avais l'air tellement… heureuse, continua-t-elle après un moment d'hésitation.

— Je suis désolée, Orla. J'ai l'impression d'avoir failli à ma mission. La presse s'intéresse davantage à ma supposée relation avec Dane qu'au développement de Zafar, dit-elle, se sentant soudain coupable.

Elle n'aurait jamais dû se montrer aussi stupide. Non,

vraiment, elle aurait dû garder ses distances dès le début au lieu de s'imaginer qu'ils étaient liés par leur passé.

— De quoi parles-tu, Jamilla ? La mission est un succès. Votre… évidente affection l'un pour l'autre a permis d'attirer l'attention de la presse du monde entier et c'est ce qui m'inquiète également. Je sais que tu n'as pas l'habitude de te retrouver ainsi au centre de l'attention.

— Tu n'as pas à t'inquiéter, Orla. Tout va bien, je t'assure, déclara-t-elle d'une voix posée. Dane est merveilleux.

Orla avait raison. La situation était insupportable, mais c'était le prix à payer pour avoir suivi son cœur et non sa raison.

— J'ai remarqué combien il se montrait attentionné, Jamilla. Sur les photos parues hier, commença Orla avant de s'interrompre un instant comme si elle cherchait ses mots, vous avez l'air, enfin, je ne sais pas ce qui se passe entre vous, mais tu ressembles à une femme amoureuse.

Immédiatement, l'estomac de Jamilla se serra, et la petite voix qu'elle avait réussi à ignorer jusque-là revint à la charge.

Son cœur ! Elle avait suivi son cœur !

Au bord de la panique, elle songea aux instants qu'ils avaient partagés : leurs longues conversations au petit déjeuner, leurs nuits passionnées, ce premier baiser à Rome et sa colère quand il l'avait défendue contre son père avant de la réconforter. Aucun homme n'avait jamais fait ça pour elle, aucun ne l'avait fait se sentir aussi…

— Ce… ce n'est pas ça, rétorqua-t-elle néanmoins.

Non, c'était sûrement une erreur. Elle ne pouvait pas être tombée amoureuse de lui !

— Ce n'est pas de l'amour, c'est…

— Du sexe ? continua Orla. Vous couchez donc bien ensemble ?

— Oui, mais ça ne va pas plus loin, précisa-t-elle dans l'espoir de convaincre Orla autant qu'elle-même. Je… Dane est mon premier…

— J'ignorais que tu étais encore vierge. J'aime Dane

comme un frère, poursuivit-elle d'une voix inquiète, mais lui et Karim ont eu une enfance difficile, et je ne pense pas qu'il soit prêt à s'engager…

— Ce n'est pas grave, coupa-t-elle doucement.

Songer à ce jeune garçon négligé par ses parents lui était insoutenable. Elle au moins avait eu sa mère. Dane avait grandi seul et s'était forgé une carapace pour se protéger. Il n'avait pas l'intention de s'ouvrir à elle.

— Comme tu l'as dit toi-même, il ne s'agit que de sexe et ça me convient très bien. J'ai tellement vu ma mère souffrir pour avoir aimé un homme qui ne l'aimait pas, poursuivit-elle en retenant une grimace.

Elle aussi avait commis cette erreur même si elle ne voulait pas l'admettre.

— Je me suis juré de ne pas finir comme elle. De toute façon, si je souhaitais m'investir dans une relation à long terme, ce ne serait pas avec Dane. Ce n'est pas un homme pour moi.

Pourtant, son cœur battait si fort qu'elle avait l'impression qu'il allait lui sortir de la poitrine. Comment avait-elle pu être aussi stupide au point de tomber irrémédiablement, désespérément amoureuse d'un homme qui ne pourrait jamais lui donner ce dont elle avait besoin ?

« De toute façon, si je souhaitais m'investir dans une relation à long terme, ce ne serait pas avec Dane. Ce n'est pas un homme pour moi. »

Les paroles de Jamilla résonnèrent douloureusement en lui comme il contemplait la jeune femme qui raccrochait.

Il s'était hâté de prendre sa douche pour la rejoindre après s'être réveillé seul, paniqué de ne pas la trouver à ses côtés, mais à présent…

De toute façon, si je souhaitais m'investir dans une

relation à long terme, ce ne serait pas avec Dane. Ce n'est pas un homme pour moi.

Une douleur sourde et brûlante lui lacéra la poitrine, et il eut soudain l'impression d'être redevenu ce petit garçon escorté jusqu'à l'hélicoptère par l'assistant de sa mère, pleurant à chaudes larmes alors que son père tournait les talons pour regagner le palais sans un regard en arrière.

Que diable lui arrivait-il ? Sa relation avec Jamilla était purement sexuelle. Ils ne partageaient rien de plus…

Des images de la jeune femme lui apparurent soudain : son sourire contagieux, la façon dont ses yeux s'illuminaient ou s'obscurcissaient sous l'effet du désir, sa voix quand elle murmurait son nom, emportée par la passion, sa timidité et sa compassion… et la douleur s'intensifia, le faisant vaciller.

La porte s'ouvrit, et Jamilla écarquilla les yeux, visiblement surprise de le trouver là.

— Bonjour, je vois que tu es déjà habillé, ajouta-t-elle en rougissant.

Ses réactions l'avaient toujours charmé et le désir qu'elle lui inspirait était encore bien présent, mais sa brûlure lui sembla bien plus cruelle que d'ordinaire.

Il se moquait de ce que les autres pensaient de lui. Il n'avait besoin de personne, même pas de Jamilla. Peu importait qu'elle ne veuille pas de lui ou qu'elle ne puisse jamais l'aimer. Ils avaient un accord. Leur relation se limitait au sexe.

Comblant la distance qui les séparait, il lui caressa la joue, ravi de la voir trembler. Le reste n'avait aucune importance. Jamilla lui appartenait de la seule façon qui comptait vraiment.

— Ce n'est pas un problème, déclara-t-il d'une voix veloutée.

— Nous n'avons pas le temps, affirma-t-elle en voulant s'écarter, mais il la retint par la nuque.

— Bien sûr que si, nous avons vingt minutes.

Prenant ses lèvres, il l'embrassa avec ardeur, déterminé à lui faire connaître sa douleur.

— C'est bien assez.

Son souffle se bloqua dans sa gorge comme il lui caressait les seins.

— Tu me désires, Jamilla ? demanda-t-il en lui ôtant son soutien-gorge pour prendre un mamelon entre ses lèvres, lui arrachant aussitôt un soupir de plaisir.

Son désir se fit plus impérieux, résonnant au plus profond de lui, fragilisant ses défenses jusqu'à les réduire en poussière, dévoilant cette part de lui, cette vulnérabilité dont il pensait s'être débarrassé il y a longtemps déjà.

Une fois, une dernière fois, s'il pouvait la faire sienne une dernière fois, ce serait suffisant.

La tournant, il la força à se pencher au-dessus du fauteuil et souleva sa jupe.

Il ne voulait pas voir son visage ni contempler ses yeux assombris par le désir alors qu'elle ne serait jamais vraiment à lui.

Glissant la main entre ses jambes, il la trouva prête à l'accueillir et la caressa avant de prendre un préservatif dans sa proche.

L'enfilant avec une main tremblante, il se plaça à l'entrée de son sexe humide.

— Dis-moi que tu me désires, ordonna-t-il d'une voix rauque.

— Je te désire, geignit-elle d'un ton à la fois plaintif et désespéré.

La pénétrant d'un mouvement fluide, il retint un juron quand Jamilla gémit, manquant lui faire perdre le contrôle.

Tu es à moi, à moi ! se répéta-t-il inlassablement en accélérant le rythme, chaque coup de butoir plus puissant que le précédent les emmenant vers l'orgasme.

Cependant, malgré le plaisir, la douleur ne s'effaça pas, le torturant au contraire comme pour lui rappeler que Jamilla ne voulait pas de lui alors qu'il avait tant besoin d'elle.

Elle jouit dans un cri, emportant avec elle, les rêves et les espoirs dont il n'avait jamais soupçonné l'existence, ne laissant qu'un immense vide à l'endroit où se trouvait son cœur.

15.

Jamilla trembla et tenta de se redresser, mais Dane enfonça ses doigts dans ses hanches.

— Ne bouge pas, grogna-t-il.

Le souffle court, elle s'exécuta, consciente du poids de son corps sur le sien, et son cœur se serra douloureusement. Pourquoi se sentait-elle si triste ? Et pourquoi avait-elle le sentiment que ce qui les liait en ce moment était bien plus profond et plus puissant que le sexe ?

Dane se retira enfin, la ramenant brutalement à la réalité et elle s'écarta, soudain consciente de l'image qu'elle offrait à moitié nue et dans cette position.

Se rhabillant à la hâte, elle nota que Dane avait arraché un bouton de sa veste dans son empressement et elle en eut les larmes aux yeux. Elle avait l'impression d'avoir survécu à un ouragan, et le plaisir qu'il lui avait donné était bien impuissant à apaiser sa douleur. À ses yeux, ce n'était que du sexe alors qu'elle avait besoin de plus.

— Il faut que je prenne une douche, déclara-t-elle, la gorge nouée.

Elle avait besoin de s'éloigner, de lui et de tout ce qu'elle ressentait en ce moment.

— Regarde-moi, demanda-t-il en lui prenant le poignet.

De mauvaise grâce, Jamilla croisa son regard et faillit fondre en larmes pour de bon. Dane semblait souffrir le martyre.

— Je suis désolé.

Pourquoi s'excusait-il ? Ne voyait-il pas combien elle l'aimait ?

— Pourquoi ?

Il la contempla un instant comme s'il pouvait la percer à jour.

— Quand nous arriverons à Lisbonne, je ne partagerai plus ta suite, se contenta-t-il de dire avant de la relâcher.

Elle avait envie de le retenir et de lui avouer ses sentiments, mais elle ne pouvait s'y résoudre. Cela ne servirait à rien de toute façon. Dane avait été très clair : ce n'était qu'une histoire de sexe et, à présent, il en avait fini avec elle.

— Je vois.

Le dépassant, elle retourna dans la chambre qu'ils avaient partagée la nuit précédente et réussit à atteindre la salle de bains avant de s'écrouler, terrassée par le chagrin.

Dans l'après-midi, Jamilla découvrit qu'elle n'était pas enceinte mais, au lieu d'éprouver un soulagement, elle sentit sa douleur redoubler. Quand elle annonça la nouvelle à Dane, il n'eut aucune réaction et se contenta de hocher la tête. Elle eut alors l'impression d'être engloutie dans un gouffre de chagrin.

Deux jours plus tard, dès la fin de la mission au Portugal, Dane disparut sans lui dire au revoir.

Jamilla arriva à Zafar le lendemain matin et commença immédiatement à rassembler ses affaires. Elle ne pouvait pas rester au palais, pas dans ces conditions.

Dane avait bouleversé son existence, mais la femme qu'elle était devenue à ce jour n'était plus que l'ombre d'elle-même. Elle avait besoin de comprendre pourquoi il l'avait repoussée aussi facilement. Était-ce simplement parce qu'il ne partageait pas ses sentiments ou y avait-il une raison plus profonde qui n'avait rien à voir avec elle ?

Après avoir envoyé sa démission à Karim et Orla, elle

sella sa jument et quitta le palais avec pour seuls bagages, des vivres, quelques affaires personnelles et un paquet de lettres, qui avec un peu de chance lui permettrait de mieux comprendre l'homme qui s'était montré passionné, tendre et parfois possessif avant de l'abandonner sans la moindre hésitation.

16.

Pourquoi tu ne décroches pas ? Il faut que je te parle.

Dane contempla le dernier message de Karim et s'apprêtait à l'effacer quand son portable se mit à sonner, effrayant son cheval.

— Du calme, mon grand, dit-il en le caressant pour l'apaiser.

S'arrêtant près d'une barrière, il descendit et y attacha les rênes de sa monture.

Cela faisait un peu plus d'une semaine qu'il avait quitté Lisbonne sans prévenir personne, un peu plus d'une semaine qu'il avait pris Jamilla avec force pour mieux se prouver qu'elle lui appartenait alors qu'elle l'avait rejeté, un peu plus d'une semaine que sa vie avait perdu toute saveur. Il n'arrivait plus à travailler ni à manger, et pensait à elle en permanence.

Quand le sommeil l'emportait enfin, c'était pour mieux rêver d'elle, de son sourire ou de ses yeux s'illuminant quand elle contemplait Rome d'un air émerveillé, de la douceur de sa peau quand il s'éveillait pressé contre son corps chaud, de son parfum floral et envoûtant capable de lui faire perdre le contrôle, de sa douleur quand elle avait parlé de son père, et de cette soirée où elle avait dansé contre lui, révélant ce tempérament de feu qu'il avait toujours soupçonné en elle.

Poussant un soupir, il décrocha. Karim savait sûrement comment allait Jamilla, et il avait besoin d'avoir de ses nouvelles.

— Salut, qu'est-ce qui se passe ? demanda-t-il en s'efforçant de paraître détendu.

— Où es-tu, Dane ? Ça fait des jours que j'essaie de te joindre, ajouta Karim d'un air las.

— Je suis à la ferme. Qu'est-ce qui ne va pas ? Il y a un problème avec Orla ou Hasan ?

L'insistance de Karim n'avait peut-être rien à voir avec lui ou avec Jamilla ou avec la façon dont il avait été incapable de se montrer à la hauteur des attentes de son frère.

— Orla va bien même si sa grossesse la fatigue. Elle n'a plus autant de nausées qu'avant et les médecins sont moins inquiets concernant son hypertension, lui répondit-il. Hasan va très bien aussi et nous rend complètement fous.

— Tant mieux.

Malgré lui, il ne put s'empêcher de jalouser Karim. Son frère avait une famille alors qu'il était seul. Il avait perdu Jamilla parce qu'il n'était qu'un salaud et un bon à rien. Il s'efforça néanmoins de se concentrer sur la conversation.

— Dans ce cas, pourquoi tenais-tu tant à me parler ?

— Je voulais te remercier pour ton aide. Je sais combien cela a été difficile pour toi, et Orla et moi apprécions vraiment ce que tu as fait pour nous. Je dois également avouer que tu nous as vraiment impressionnés.

— C'est une plaisanterie ?

La situation était déjà assez compliquée comme ça sans que Karim vienne en rajouter. Il ne savait plus où il en était ni même qui il était à présent.

— Pas du tout. Pourquoi ?

— J'ai tout foutu en l'air, nous le savons tous les deux.

Le soleil brillant dans le ciel semblait incapable de le réchauffer. Il avait perdu la seule femme qui ait jamais compté à ses yeux. Il était de nouveau ce petit garçon testant les limites dans l'espoir que sa mère le remarque enfin et envoyant d'innombrables lettres à son père pour qu'il vienne le chercher, en vain.

— Je lui ai sauté dessus alors que je n'en avais pas le droit, mais elle a au moins eu l'intelligence de s'en rendre compte, ajouta-t-il spontanément.

— Dane, du calme. Tu parles de Jamilla ? demanda Karim d'une voix plus douce.

— Oui. Comment va-t-elle ? Tu lui as parlé depuis la fin de la mission ?

— Non, elle a démissionné.

— Elle a fait quoi ?

Pourquoi ? Non content de lui prendre sa virginité il avait également brisé sa carrière ?

— Elle a démissionné avant de disparaître, précisa Karim. Orla n'a pas réussi à la joindre, et même Saed ignore où elle est allée. Orla et moi pensions que son départ avait un rapport avec toi, c'est pour ça que j'ai essayé de te contacter.

Il s'interrompit un instant comme s'il cherchait ses mots.

— Que s'est-il passé entre vous deux ? Vous aviez l'air tellement heureux sur les photos de presse et, quand je vous ai vus ensemble ici à Kildare, j'ai cru que… que c'était plus sérieux que tu voulais le laisser croire.

Il n'y avait aucun reproche dans la voix de son frère, mais sa sollicitude était d'autant plus insupportable. Il méritait d'être puni comme Karim l'avait été par leur père.

Ce dernier n'avait jamais posé la main sur lui, ce qui, pour une raison qu'il ne s'expliquait pas vraiment, lui semblait encore pire que s'il l'avait fait. Était-il tellement en manque d'attention qu'il préférait être fouetté qu'ignoré ou rejeté ?

— C'était plus sérieux.

— Alors pourquoi as-tu rompu avec elle ? Et pourquoi as-tu gardé votre liaison secrète ?

Parce qu'elle ne voulait pas de moi.

Ses mots s'imposèrent à son esprit mais, pour la première fois depuis son départ, il réalisa que ce n'était qu'une excuse.

Il désirait Jamilla, mais ce qui les liait ne se résumait pas au sexe. Il l'avait senti à l'instant où leurs regards s'étaient croisés, pourtant il avait préféré l'ignorer, car il avait trop peur de lui en demander plus par crainte d'être rejeté. Et lorsqu'il avait surpris sa conversation avec Orla, il n'avait pas eu le courage de l'interroger ou de lui avouer ses sentiments.

— Parce que je suis lâche.

— Tu n'es pas lâche, soupira son frère, mais ce n'est pas moi que tu dois convaincre. C'est toi-même et Jamilla, à supposer que tu souhaites la récupérer ?

Karim avait raison. Pourquoi perdait-il son temps à panser ses blessures au lieu de retrouver la trace de la femme qu'il aimait ?

Il risquait de souffrir le martyre si elle le rejetait. Pourtant ce serait toujours préférable à la torture qu'il s'infligeait chaque jour en se demandant ce qui se serait passé s'il avait eu le courage de lui avouer ses sentiments.

17.

Cher papa,

Maman veut que je te demande de l'argent, mais je ne vais pas le faire parce qu'elle ne lit jamais mes lettres. Je sais que tu es en colère contre elle, je le suis aussi. On a de nouveau déménagé le mois dernier. J'ai mis notre nouvelle adresse sur l'enveloppe au cas où tu veux m'envoyer une lettre. J'ai aussi ajouté mon adresse mail si tu préfères qu'on se parle comme ça.

Je pourrais venir à Zafar pendant l'été quand Karim viendra ? Je te promets que je serai sage. Tu ne remarqueras même pas que je suis là. Je ne pleure pratiquement plus. Je pourrai donner un coup de main pour m'occuper des chevaux. Je les aime toujours autant même si on habite en ville et je n'ai pas oublié comment monter.

Tu as toujours le pur-sang arabe noir et blanc ? Je l'ai monté plusieurs fois avec Karim et je ne suis jamais tombé.

S'il te plaît, écris-moi, papa, je ne dirai rien à maman.

Ton fils,

Dane.

Jamilla replia la lettre en reniflant. Le désespoir de Dane et son besoin de reconnaissance et d'affection étaient horriblement tristes et touchants. Il avait grandi seul, dans l'indifférence générale.

Le bruit d'un galop de cheval lui parvint, et elle récupéra son pistolet dans son sac. Les bandits étaient rares à Zafar, mais une femme seule au milieu du désert ne devait prendre aucun risque.

Nouant son foulard autour de sa tête pour se couvrir le visage, elle sortit de sa tente et manqua défaillir en reconnaissant le cavalier qui approchait sur un étalon noir.

Dane !

Comment était-il arrivé jusqu'à elle ? Seule la famille de sa mère connaissait cet endroit. Elle s'y était souvent rendue après son décès.

— Jamilla, demanda-t-il en descendant de cheval pour attacher les rênes à la barrière de l'enclos, que fais-tu ici toute seule ?

— J'ai de quoi me défendre, annonça-t-elle en levant le pistolet tout en s'efforçant d'ignorer les battements désordonnés de son cœur.

Lire les lettres de Dane avait été une erreur, car elle le comprenait mieux à présent, elle savait combien il avait souffert… même s'il restait l'homme qui l'avait rejetée.

— Comment m'as-tu trouvée ?

— Ton grand-père s'est montré très coopératif après avoir réalisé qui j'étais. Apparemment les rumeurs de notre liaison ont également atteint Zafar.

À ses mots, la colère la saisit. Ainsi, tout n'était toujours qu'une plaisanterie à ses yeux…

— Va-t'en. Je n'ai pas envie de te parler et je n'ai pas besoin de toi, conclut-elle en tournant les talons.

L'attrapant par le bras, Dane la força à lui faire face.

— Pourquoi as-tu démissionné ?

L'intensité de son regard la troubla, et elle se libéra d'un geste brusque.

— Ça ne te regarde pas mais, si tu veux tout savoir, j'ai décidé de relever de nouveaux défis, et je ne sais pas encore où j'irai.

Un autre pays, quelque part où elle pourrait oublier ses erreurs et se reconstruire. Il était hors de question de laisser un instant de faiblesse influencer le reste de son existence. Elle valait mieux que ça.

— Tu ne serais pas plutôt en train de t'enfuir à nouveau ?

— Ce n'est pas moi qui me suis enfuie ! rétorqua-t-elle, lassée de ses mensonges. J'ai lu les lettres que tu as écrites à ton père. Je sais tout, ajouta-t-elle, le faisant ciller. Tu n'étais qu'un enfant désespérément en quête d'attention et d'affection. Je sais ce que c'est. J'aurais compris si tu m'avais fait confiance.

Il se raidit comme s'il refusait d'accepter la vérité, mais Jamilla ne se laissa pas décourager. Ils avaient tous les deux fui leur passé et leur chagrin, le moment était venu de les affronter. Dane avait fait tout ce chemin pour la retrouver, il méritait de savoir ce qu'elle ressentait.

— Je suis tombée amoureuse de toi, Dane, parce que tu m'as donné l'impression que je comptais et que j'étais importante à tes yeux, avoua-t-elle d'une voix calme malgré la tempête qui se déchaînait en elle, mais tu m'as rejetée. Il est temps que tu partes à présent, ajouta-t-elle en s'essuyant les yeux d'un geste rageur.

— Non ! Attends ! la supplia-t-il en lui prenant le bras.

Il avait voyagé toute la nuit pour la rejoindre, se promettant de faire n'importe quoi pour qu'elle lui pardonne, mais la peur et la panique l'avaient assailli de nouveau lorsqu'elle avait parlé de son passé, le rendant muet. Et à présent, il était sur le point de la perdre pour la seconde fois.

— Tu as dit que tu ne voulais pas d'une relation sérieuse et surtout pas avec moi. Je t'ai entendue le dire à Orla.

— Je… je ne savais pas, avoua-t-elle avec un regard si triste qu'il en eut le souffle coupé. J'avais peur. Je me sentais dépassée par mes sentiments et, quand Orla m'a dit que je ressemblais à une femme amoureuse, j'ai paniqué parce qu'elle avait raison. Pourquoi tu ne m'as rien dit ?

— Parce que je ne voulais pas reconnaître ce que je ressentais, répondit-il en secouant la tête.

Elle fronça les sourcils avant de plonger son regard dans le sien.

— C'est pour ça que tu t'es montré aussi… désespéré quand tu m'as fait l'amour avant de rompre avec moi ?

— Non… enfin si.

Poussant un juron, il se passa la main dans les cheveux. Il avait besoin de se racheter, mais comment ?

— J'ai perdu la tête. J'en voulais davantage, mais j'avais peur de me l'avouer. Et quand je t'ai entendu en parler à Orla, j'ai eu l'impression de redevenir ce gosse dont personne ne voulait.

Il se détourna, incapable de soutenir son regard.

— Je veux être l'homme que tu vois quand tu me regardes, mais il faut que tu saches certaines choses. Je n'ai jamais terminé mes études, commença-t-il, les yeux posés sur l'oasis si semblable à celle où ils s'étaient rencontrés. Et tu es tellement intelligente. Tu…

— Enfin, Dane, c'est ridicule, le coupa-t-elle. Tu as bâti un empire à partir de rien. Le fait que tu n'aies pas de diplôme rend la chose encore plus impressionnante.

— Je ne suis peut-être pas son fils, souffla-t-il en se décidant à l'affronter enfin.

— Pardon ?

— Je ne suis peut-être pas de sang royal. Ma mère m'a avoué qu'elle avait eu plusieurs amants, expliqua-t-il d'une voix blanche, pour se venger de mon père qui avait de nombreuses maîtresses. Elle n'était pas sûre qu'Abdullah soit mon père.

Sa gorge se serra douloureusement, mais il se força à poursuivre.

— J'avais onze, peut-être douze ans quand elle me l'a dit après avoir bu un verre de trop. J'ai arrêté de lui écrire et elle n'a pas réussi à me forcer. J'ai essayé de me convaincre que ce n'était pas grave, confia-t-il avec un sourire dénué d'humour, mais j'avais passé des années à croire que j'étais son fils et le frère de Karim. C'est comme si j'avais perdu mon identité. Et quand je t'ai entendu dire ça à Orla, j'ai pensé… qu'il était normal que tu me rejettes étant donné que je ne suis pas celui que tu crois.

Jamilla fondit en larmes. Elle l'avait blessé en mentant à Orla pour se protéger. Peut-être qu'elle aurait pu lui éviter cette souffrance en lui disant la vérité dès le début.

— Dane, il faut que tu saches que ça m'est complètement égal de savoir qui est ton père biologique, affirma-t-elle en lui caressant la joue. Je t'aime pour toi.

Posant sa main sur la sienne pour l'attirer contre son torse où son cœur battait comme un fou, il plongea son regard dans le sien.

— Tu m'aimes… même après tout ce que…

— Oui, le coupa-t-elle en se libérant pour nouer les bras autour de son cou et le couvrir de baisers.

Sa peur avait disparu, remplacée par l'espoir.

— Espèce d'idiot !

La prenant par la taille, il la serra contre lui.

— Dieu, merci ! s'exclama-t-il en posant ses lèvres dans son cou avant de la soulever dans ses bras.

Jamilla commença aussitôt à se débattre.

— Qu'est-ce que tu fais ?

— Tu n'aurais pas quelque chose à me dire avant ?

— En effet, confirma-t-il avec sourire en la libérant.

Posant un genou à terre, il prit ses mains dans les siennes.

— Dane, qu'est-ce que tu…

— Chut ! Je t'aime, Jamilla Omar Roussel, déclara-t-il

avec une telle intensité qu'elle crut défaillir. Tu es belle, intelligente, têtue, insolente et incroyablement sexy.

Jamilla rougit, et Dane éclata de rire avant de se relever pour l'enlacer.

— Et j'adore ta façon de rougir, murmura-t-il à son oreille. Je veux vivre avec toi, te voir porter mes enfants et je veux t'épouser parce que tu es la femme de ma vie. Je t'aime, conclut-il en prenant ses lèvres en un baiser qui lui coupa le souffle.

Ivre de bonheur, Jamilla répondit à sa caresse avant de se blottir dans les bras du seul homme qu'elle aimerait jamais.

Épilogue

Quatre mois plus tard

— Votre Altesse, un paquet est arrivé pour vous, mais il m'était adressé. Il y avait cette lettre à l'intérieur, annonça Hakim, le jeune valet qui s'occupait toujours de Dane et de Jamilla quand ils revenaient à Zafar.

Le cœur de Dane se mit à battre à tout rompre à la vue de la grande enveloppe blanche que tenait le jeune homme, mais il se força à rester impassible.

— Merci. Je l'attendais, ajouta-t-il avec un sourire en la prenant.

Hakim hocha la tête sans un mot malgré son évidente curiosité avant de s'excuser et de refermer la porte du bureau.

Dane avait demandé que le laboratoire lui fasse parvenir les résultats par courrier, et non par courriel, et qu'ils soient envoyés à Zafar et non à Manhattan, dans la maison dans laquelle Jamilla et lui s'étaient installés quatre mois plus tôt, après leur mariage.

C'était plus logique de procéder ainsi d'autant qu'ils étaient en visite à Zafar pour une semaine afin de rendre visite à sa famille et d'assister à la cérémonie qui ferait de Rana et Amina, les jumelles de son frère, des héritières légitimes au trône zafarite.

Ce n'était pas son unique raison, loin de là. Il avait fait promettre à Karim de garder le secret quand il lui avait demandé un échantillon d'ADN. Celui-ci avait d'ailleurs été furieux que Dane insiste autant pour faire un test.

— Tu es mon frère, Dane et ça ne changera jamais quels que soient les résultats, lui avait-il déclaré. Si tu crois pouvoir t'en servir comme excuse pour échapper à tes devoirs en tant que membre de la famille royale ou à tes responsabilités envers Hasan et les filles, tu te mets le doigt dans l'œil.

Les mots de son frère l'avaient profondément touché et rassuré à la fois. Quoi qu'il se passe, ils seraient toujours frères. Le lien qui les unissait dépassait celui du sang. Ce n'était pas sa réaction qui l'inquiétait vraiment. Non, c'était celle de Jamilla.

Sa gorge se serra et sa panique grandit en songeant aux instants qu'ils avaient partagés peu après leur arrivée pour rencontrer leurs petites nièces.

— Tu es tellement doué avec les enfants, Dane, avait déclaré Jamilla avec un sourire. Tu feras un père merveilleux.

Elle s'était raidie avant d'ajouter d'une voix tendue :

— Un jour.

Son comportement l'avait surpris et perturbé au point qu'il n'avait eu de cesse d'y repenser.

Au début, il s'était convaincu qu'elle n'était tout simplement pas prête à fonder une famille, ce qui était parfaitement compréhensible. Jamilla venait à peine de lancer sa carrière à New York, elle avait sans doute envie de se concentrer sur son travail.

Pourtant, quand Karim lui avait mis l'une de ses filles dans les bras, la réaction de Jamilla lui était revenue en mémoire et son inquiétude avait grandi.

Jamilla lui avait assuré qu'elle se moquait de savoir qui était son père biologique et il l'avait crue, mais elle pouvait avoir changé d'avis. Peut-être que les origines de son mari avaient finalement de l'importance à ses yeux ?

Épuisé par le doute, il s'était finalement décidé à affronter la vérité pour leur bien à tous les deux. S'ils devaient avoir des enfants, il lui fallait découvrir s'il était de sang royal.

D'une main tremblante, il retourna l'enveloppe, mais fut incapable de l'ouvrir. La peur l'engloutit lui rappelant qu'il était peut-être sur le point de perdre son identité, une fois de plus.

— Pourquoi te caches-tu ici, Dane ? Hakim t'attend pour…

Jamilla s'interrompit en avisant l'expression sur son visage. Elle était similaire à celle qu'il arborait lors de son arrivée à Zafar pour la première fois.

— Qu'est-ce qui se passe ? demanda-t-elle en tentant d'ignorer la peur qui ne la quittait plus depuis des jours. Se pouvait-il qu'Orla lui ait révélé son secret ? Non, elle ne l'aurait pas trahie malgré sa réticence à garder le silence.

« Enfin, Jamilla, Dane t'adore, c'est évident. Il est incroyable avec les jumelles et Hasan. Bien sûr qu'il sera ravi ! Tu dois lui dire la vérité ! », s'était exclamée son amie.

« Je comptais le faire, avait-elle répondu, mais quand je lui ai dit qu'il ferait un père merveilleux, il a eu cette réaction bizarre… C'est trop tôt. J'ai besoin d'un peu de temps. »

— Dane ? Qu'est-ce que c'est ? insista-t-elle en avisant l'enveloppe qu'il tenait.

— Tu peux l'ouvrir pour moi ?

Il la lui tendit, et elle remarqua l'adresse du laboratoire.

— Il faut que nous sachions si je suis vraiment un Khan.

Malgré elle, son cœur se serra face à sa piètre tentative de paraître nonchalant.

Elle se moquait éperdument de savoir s'il avait du sang royal ou non. Il n'était pas uniquement un prince de Zafar, il était son mari, son amant, son meilleur ami et son âme sœur. Il était capable de la rendre heureuse, de la faire rire, de la rendre folle et de lui faire perdre la tête d'un simple regard. Il lui avait apporté un soutien sans faille et un amour inconditionnel, faisant d'elle une femme meilleure, mais elle ne pouvait pas l'aider, pas cette fois. Dane avait besoin d'apprendre à croire en lui-même.

— D'accord, et, quels que soient les résultats, nous y ferons face à deux.

C'était peut-être ce dont il avait besoin pour enfin tirer un trait sur son passé et croire en leur futur.

— Mais il faut que je te dise quelque chose avant.

Elle aurait dû le faire depuis longtemps, depuis l'instant où elle avait eu le résultat du test de grossesse. Dane n'était peut-être pas le seul à être hanté par son passé.

Posant l'enveloppe sur son bureau, elle prit son visage entre ses mains.

— Je l'ai fait confirmer par le médecin du palais ce matin, je suis enceinte.

— Quoi ?

Il l'enlaça, le visage illuminé par la joie.

— Nous attendons un bébé, dit-elle ravie de sa réaction.

Elle avait eu tort de s'inquiéter. Ce n'était pas trop tôt. Ils allaient être parents et ils allaient aimer cet enfant comme il ou elle le méritait.

— Oh ! mon Dieu, murmura-t-il en posant les yeux sur son ventre. Tu en es vraiment sûre ?

— Oui, je ne sais pas comment c'est arrivé, mais…

— On s'en fiche, l'interrompit-il avec un sourire. C'est une merveilleuse nouvelle.

La soulevant dans ses bras, il la fit tournoyer avant de prendre ses lèvres.

Une demi-heure plus tard, ils annoncèrent à Orla et Karim qu'un nouveau membre de la famille royale les rejoindrait dans sept mois et demi, et que Dane n'aurait plus la moindre chance d'échapper à ses devoirs de prince, car il y avait quatre-vingt-dix-huit pour cent de probabilités qu'il soit bien le demi-frère du roi.

Retrouvez prochainement, dans votre collection

AZUR

Le cheikh aux deux secrets, de Marcella Bell - N°4565

Que dire à un prince qui vous demande en mariage dès la première rencontre ? Rita a beau être une talentueuse ingénieure, elle n'en a aucune idée. Pourtant, parce qu'il s'agira, entre Jahangir et elle, d'une union de convenance lui garantissant une fabuleuse opportunité professionnelle, elle accepte de le suivre dans son royaume du désert. Et bientôt, dans ce cadre enchanteur, elle découvre entre les bras de Jag la passion – et ses conséquences…

Un bébé royal, de Jadesola James - N°4566

Kemi est une princesse, la fille gâtée de l'Oba de Gbale. Mais cette vie privilégiée a un coût : celui de sa liberté… Alors qu'elle échappe un soir à la vigilance de ses gardes du corps, elle rencontre un homme envoûtant. D'un seul regard, Luke Ibru la séduit. Un baiser brûlant, et il la conduit à partager avec lui une nuit de passion. Une nuit qui se solde par une conséquence royale : bientôt, Kemi se découvre enceinte de son mystérieux amant…

L'enfant d'un ténébreux milliardaire, de Heidi Rice - N°4567

Jack Wolfe incarne tout ce que Katherine déteste : arrogant et impitoyable, le ténébreux milliardaire n'hésite pas à user de son pouvoir. Hélas, bouleversée par les émotions et le désir qu'il fait naître en elle, Katherine succombe à cet homme au lieu de le fuir. Pire encore, sitôt qu'elle révèle à Jack qu'un enfant naîtra bientôt de leur nuit passionnée, celui-ci lui propose un mariage de convenance…

Le retour de Valentin Silvera, de Jackie Ashenden - N°4568

Voilà quinze ans que tout le monde me croit mort. Si j'ai disparu pour échapper à la tyrannie familiale, je suis prêt aujourd'hui à revendiquer mon nom, Valentin Silvera, et l'héritage qui m'est dû. Parmi ce qui m'a été arraché, mon bien le plus précieux n'est autre que la délicate Olivia Wintergreen, mon amour de jeunesse et l'actuelle fiancée de mon détestable frère jumeau. Or j'en fais le serment : cette femme que je n'ai jamais oubliée sera bientôt mon épouse…

La comtesse de Venise, de Kate Hardy - N°4569

Bien qu'elle soit une comtesse vénitienne, Serafina Ardizzone est ruinée. Comment dès lors empêcher le *palazzo* dont elle est l'héritière de tomber en ruine ? Résolue à sauver ce joyau familial, elle demande au célèbre architecte Gianni Leto de le restaurer. Pour le convaincre de prendre en main ce projet d'envergure, elle n'hésite pas à l'inviter à passer chez elle une semaine. Sept jours et sept nuits inoubliables en Italie…

Le prince de la Saint-Valentin, de Cara Colter - N°4570

Erin n'a qu'une envie : se réfugier seule au *Snow Daze*, le chalet montagnard où elle a vécu tant de moments heureux. Là, elle l'espère, elle pourra se remettre de l'abandon de son fiancé. Mais une tempête de neige fait rage dehors, et la voilà contrainte d'offrir l'hospitalité à un skieur imprudent. Un homme d'une beauté renversante avec lequel elle passe la nuit… Quelle n'est pas sa stupeur de découvrir le lendemain que son amant, Valentino de Oscaro, est un prince !

La belle et le millionnaire, de Rachael Stewart - N°4571

Tandis qu'elle débarque sur la plus belle des îles grecques, Catherine retient son souffle. La crique nichée au pied d'une falaise blanche tranche avec le bleu de la mer… et c'est là, dans ce cadre enchanteur, qu'elle va passer un mois ! Quel meilleur endroit pour oublier la pression qu'elle subit à Hollywood ? Seule ombre au tableau : le propriétaire des lieux, Alaric de Vere, loin d'être impressionné par ses allures de star, la considère plutôt comme une intruse…

Libre d'aimer, de Pippa Roscoe - N°4572

SÉRIE : *LE ROYAUME DE SVARDIA* - 2/3

La princesse Marit a toujours été la rebelle de la famille, et elle apprend avec désespoir qu'elle doit maintenant jouer un rôle de premier plan au palais de Svardia. Dans une ultime révolte, elle s'enfuit à Paris. Hélas, Lykos Livas, envoyé par le roi lui-même, l'y retrouve sans tarder ! Avant de la ramener dans le droit chemin, cet homme mystérieux accepte toutefois de l'escorter pendant quelques jours pour une escapade en Europe. Une folle parenthèse où se mêleront bientôt liberté et passion…

Le baiser d'un play-boy, de Carol Marinelli - N°4573

SÉRIE : *LES BEAUTÉS DE SICILE* - 2/2

En raison de son douloureux passé d'orpheline, Béatrice a érigé une muraille autour de son cœur. Pas question pour elle de souffrir à nouveau : sa vie est désormais centrée sur son travail de conseillère spéciale de Son Altesse Royale Julius de Bellanisia. Une tâche loin d'être facile ! Chargée de redorer l'image du prince avant que celui-ci devienne roi, la voilà contrainte de côtoyer ce play-boy invétéré jour et nuit, tout en résistant au charme qu'il exerce sur elle…

L'honneur d'un Australien, de Kelly Hunter - N°4574

Sept ans plus tôt, Judah Blake s'est accusé d'un crime qu'il n'avait pas commis pour innocenter la douce Bridie. Aujourd'hui qu'il est de retour chez lui, dans l'Outback australien, il est bien décidé à retrouver sa vie – ou ce qu'il en reste. Peu importe qu'il ait été pendant un temps considéré comme un paria, ses milliards ont suffi à redorer son image. Et c'est fort de cette aura de puissance qu'il compte revendiquer ce qui lui revient de droit : ses terres, dont il a été injustement spolié par la femme qui a ruiné sa vie…

L'ivresse d'une nuit, de Kate Hewitt - N°4575

Abigail est stupéfaite. Devant elle se tient l'homme dans les bras duquel elle s'est abandonnée, six mois plus tôt, alors qu'elle se trouvait à Paris pour une série de concerts. Un homme qui l'a quittée au petit matin, sans même avoir la courtoisie de lui donner son nom. Malgré l'émotion qu'elle ressent en revoyant son amant d'une nuit, Abigail se jure aussitôt de résister, cette fois, à son charme ensorcelant. Pas question de le laisser la blesser de nouveau. Mais bientôt un doute s'impose à elle : et si cette deuxième rencontre n'était pas seulement le fruit du hasard ?